愿有岁月可回首

陈晋华 著

天津出版传媒集团

百花文艺出版社

图书在版编目（CIP）数据

愿有岁月可回首 / 陈晋华著 . -- 天津：百花文艺出版社，2022.8
ISBN 978-7-5306-8303-3

Ⅰ . ①愿… Ⅱ . ①陈… Ⅲ . ①散文集－中国－当代
Ⅳ . ① I267

中国版本图书馆 CIP 数据核字（2022）第 149570 号

愿有岁月可回首
YUAN YOU SUIYUE KE HUISHOU
陈晋华　著

出 版 人：薛印胜
特约策划：凌　翔
责任编辑：李　信
出版发行：百花文艺出版社
地址：天津市和平区西康路 35 号　　**邮编**：300051
电话传真：+86-22-23332651（发行部）
+86-22-23332656（总编室）
+86-22-23332478（邮购部）
网址：http://www.baihuawenyi.com
印刷：三河市金元印装有限公司
开本：710 毫米 ×1000 毫米　1/16
字数：200 千字
印张：12.5
版次：2022 年 8 月第 1 版
印次：2022 年 8 月第 1 次印刷
定价：59.80 元

如有印装质量问题，请与三河市金元印装有限公司联系调换
地址：河北省廊坊市三河市杨庄镇杨庄村金元印装有限公司
电话：（0316）3650243　邮编：065200

目 录

第一辑 在路上

第二辑 四季沐歌

第一辑　在路上

一个人的远方

在有限的肤浅阅历和见识里，我几乎可以肯定，只要读过一点书，年少轻狂时都有一个流浪的梦，背着重重的行囊，孤独地走向远方。

读的书有限，走过的路更有限。所以，唐诗宋词里，传奇小说中，不管是羁旅漂泊还是怡情山水，也不管是冰川雪山还是大漠草原，更不论小桥流水还是高山飞瀑，每每想到，我总情难自已，恨不得肋下立时生出双翅，或者突逢奇遇，习得一身绝世武学仗剑天涯，再不济也得像三毛一样，任性一回将万水千山走遍。

我总以为，远方，一定是诗情画意，必然可以快意江湖。

人，真是一个奇怪的物种。我，一定要去远方。但怯懦如我，却总不敢抛下一切，来一场说走就走的旅行。待到可以远行时，又总是要百般讨好卖乖拉了某人才敢出行。于是，每一次的远游，必然不能随心所欲，或多或少留下一串串遗憾。

我从未想过，竟然有机会邂逅太湖。

江河湖海，溪流瀑布，最入我心的是湖。年少时也曾泛舟西湖、亲近瘦西湖，无非是风花雪月附庸风雅。如今，二十四桥仍在伴杨柳，三潭犹在映明月，我却已然不喜，总觉得她们多了些脂粉气，太让人牵肠挂肚。

可仍然喜欢湖。一来，它在内陆，或大或小，既不像线型的江河那样让人难觅其踪，亦不似海洋那般巨浪滔天——湖水有浪，甚至也会掀起巨浪，但湖浪较海浪规模小，浪基面深度也小得多，似乎更合我这心大胆小的性子，更何况它受月盈月亏的影响很小，基本没有潮汐之变，虽宁静却能随心自处。二来，自小便有不少和湖相关的传说入了心——洞庭湖里的白秋练、太湖边的碧螺春、鄱阳湖上的朱陈大战、洪泽湖南的老子山……这一切，怎能不让我对湖水心生向往？

然而，多次想看湖却总是难以成行，哪怕就近的大纵湖也只成了口中的叨念。当然，在小城也看过所谓的湖——如果那些大水塘也可以称之为湖的话。也许真的是得不到的才最好，我曾在大巴经阳澄湖服务站时，偷偷跑到湖边享受了几分钟独处的时光，何曾想到还有机会亲近太湖？

这是一次意外的邂逅，好友毅专程来看我，还亲自载我环游太湖。虽然还未数九，已是寒气逼人。碰巧那一天浓雾滚滚，远远望去，只见湖面迷蒙一片，根本分辨不出哪里是水，哪里是天。

但我依然欢喜得紧。看着一望无际的太湖，想象着丽日晴空下的波光粼粼，不由便吟出“衔远山，吞长江，浩浩汤汤，横无际涯，朝晖夕阴，气象万千”的句子来。太湖，虽则没有范仲淹笔下洞庭湖的壮阔，却也算是烟波浩渺，沙鸥翔集了。“瞧，赶紧拍照啊，那上空盘旋的水鸟多漂亮！”朋友提醒我。可不是嘛！这湿漉漉的空气里，除了湖边连绵的芦苇在飘扬着雪白的头巾，就只有它们了。这些精灵们贴着湖面划过，再向上飞旋，是在和湖水做游戏吧！这宁静少人的冬日，因为它们，平添了几分生机！

我并没有要停下来的意思，于是汽车沿湖缓缓而行。渐渐靠近洞庭山了。我想起山上的碧螺春茶林，真想亲自去采摘一次呢。许是猜出了我的心思，朋友说，东山好看，带你走走吧。沿路是橘树，零散着，山坡上，沟壑边，高的、低的，一个个小灯笼似的橘子明晃晃地挂在枝头。不时有妇人挎了竹篮，一身江南水乡的打扮，不停地朝我们兜售："太湖水养的橘子，可水灵呢"。原想着今日天气不好，可以清清静静走上一段，可看看一溜儿排开的小汽车并不少，只得继续驱车前进。

这样也并没有不好。我不多说，朋友也鲜少开口，就这样静静地绕着太湖前进。我微微开了窗，感受着湿漉漉的空气，倾听水浪哗哗地拍打着岸边的岩石。那一瞬间，我想到了很多，竟不觉得身边还有一个缄默的朋友，也未曾为浪费好友的时间和精力，包括金钱，而有丝毫的内疚。

天地间，似乎只剩下我一人在漫游。这样的感觉，何其美妙！可是，这哪里是我一个人的远方呢？如若没有友人的邀约，没有这轻便的小车，我怎能认识这弯弯曲曲的太湖路，又怎能随心所欲，神游天地间呢？

一个人的远方，我想我永远抵达不了。但我愿意用良善，用素朴，用深情，向着那里靠近。

游天柱山

去安徽旅行，黄山是首选。我们阴差阳错去了天柱山，但同样的兴致盎然。天柱山虽不如黄山闻名，却也是首批国家级重点风景名胜区、国家森林公园，素有“五岳归来不看山，黄山归来不看岳，天柱归来不看峰”之赞誉。

天柱山，主峰如柱倚天，又名皖山、皖公山，有“江淮第一山”“古南岳”之称。她坐落于大别山南麓与长江中下游平原交汇处，主要山体距离安徽省安庆市潜山县城西北 9 千米。

我们第一天中午到达安徽潜山县，下午玩了惊险刺激的漂流，稍事休息，第二天一早就直奔天柱山。

天柱山全山有 45 峰、17 岭、18 崖、14 岩、25 洞、86 怪石、18 瀑、17 泉、7 关寨、2 寺观，历来有“东关险、西关秀”的说法。我们当然选择西线，一来为了节约体力，二来为了更好地欣赏各景点。

清晨，汽车沿着盘山公路蜿蜒上行。一路上，只见山间绿树如波如涛，掩映着零星的红瓦白屋，阳光穿过密密层层的树林，洒下斑驳的光影，如梦似幻。

因为天柱峰孤峰突起，山峰险绝，很难登攀，我们的目标是和它毗邻的天池峰。到达半山后，我们乘上缆车。远眺天柱峰，只见它凌空耸立，一柱擎天，浑身石骨，嶙峋奇绝，瑰伟秀丽。朝阳多情地抚摸着它的每一寸肌肤，仿佛给天柱山镀上了一层金光，难怪天柱峰又名朝阳峰。

“无限风光在险峰。”如果没有足够的体力，全程徒步登山观景，绝对没有时间和精力欣赏风景。但如果全依赖交通工具，则又万难体验登山的乐趣。在大约距离顶峰三分之一处，我们下了缆车，向天池峰顶出发。

来到飞来峰下，爬过通天谷，面前有两条路，一边是总关寨，一边是被游人称为“天柱一绝”的神秘谷。我们一致同意不走回头路，选择先穿越神秘谷，下山再经总关寨。

神秘谷长约五六华里，谷底由54个形态各异的洞穴组成，洞连洞，洞套洞，洞内有牖，有庭，有门，有石梯，有石栏。在导游“洞拐洞拐洞拐左”七字口诀的指引下，我们抢在了导游前面“探秘”。

一路上，奇石突兀，刚穿过一个洞，气喘吁吁地登上一段极陡的台阶，眼前突然又出现了一个暗洞。有时候身子一进洞，眼前顿失光明，似乎呼吸也不能顺畅，胆小的孩子一下子就惊叫起来了。不过没关系，还没等你前去帮扶，孩子定又大呼“哈哈”，原来几步之后，一个左拐，别有洞天——出口处也许是一个奇怪的石头，看着像这个动物，可转过身又像那一样物件。

途中，我们还经过了一段迷宫。几个家庭因为体力不够，和导游一起选择了抄近路直达“洞天福地”。我们饶有兴趣地向迷宫进发。我在前方带路，女儿和一个胖嘟嘟的小家伙跟着，老公断后。说是迷宫，其实是很短的一段，只不过每一个拐弯处总有两条道，一道是人工铺的石阶，一道则是布满绿苔的天然石阶。有时你选择了左边的天然石阶，到了尽头却无路可走，须得小心翼翼、手脚并用爬上光溜溜的巨石，方可到下一条山路；可有时你踏上整洁的人工石阶，也许会发现已然上了当——此路不通，只好回头再来过。

成功穿过神秘谷，就来到了天台。站在这里，我们环顾四周，到处是美丽的花岗岩。近处是“象鼻石”，再远一点儿是“母子象饮水”，更远一点儿的是奇异的“男子背姑”。最神奇的，莫过于“皖公像”了。一块巨大的山峰，被大自然的鬼斧神工雕琢得宛如一个巨大的侧面头像：宽额、大眼、高鼻、薄唇，真的栩栩如生！

因为长期缺水，山顶现在已经看不到真实的飞瀑流泉了，但著名的“石瀑布”倒是壮观。所谓石瀑布，即岩体在流水的作用下，侵蚀出许多凹槽，形成了诸多条带状水沟，远望如瀑布下泻。试想，花岗岩是一种多么坚硬的岩石，但在大自然的雕刻刀之下，却留下了岁月的印痕，这是一种多大的伟力！

越往山顶，树木也越发稀少。裸露的岩石在烈日的曝晒下，不停地蒸腾着热气。山上的小摊渐渐多了起来，小小一只山梨卖到5元，一瓶矿泉水也10元。我暗自得意——包里装着点心，手里拎着3升的水，看来我负重上山没有白流汗啊。呵呵，真是靠天靠地不如靠自己，少花钞票多看景。

擦擦汗，喝足水，我们一鼓作气登上天池峰顶。看到了传说中七仙女下凡沐浴的天池。只是如今的天池只不过成了貌似一个婴儿浴盆大小的浅水潭，由于长期少雨，昔日的洞天福地也免不了消逝，真是沧海桑田啊！

站在天池峰顶，天柱峰直逼眼前。淡黄色的岩体光滑而坚挺，让人想伸长手臂去摸一摸。我没有看到那全国第三大高山平湖“炼丹湖”，但看到了“天柱松王”。它虽然没有山下的树木苍翠，也显得更矮小了许多，但那裸露出的盘根错节的根须，那屹立于绝壁之上、扎根于石缝之中的姿态，那下临万仞、上逼蓝天，刚直挺立的气势，让我不敢直视。看着它，我心生敬畏——昔日的万流飞瀑如今已然成为永远的“石瀑”，碧水荡漾的天池成了巴掌大的浑水潭，只有它，依然笑傲天地间，无欲无求。游客来，我迎；游客去，我送。万古不变。

规定的下山时间到了。我们一行必须徒步下“天梯”。这是一段约75 度的陡峭的狭窄山道。只有左侧山体有陆续出现的铁环可以抓住，向右侧看，下面就是万丈悬崖，偶尔有一两块石壁可以倚靠，确可称为“天险”。据说，这里也曾是军事要地，有“一夫当关，万夫莫开”之称。

趁着停下来喘口气的当儿，我向远处看去。来时九曲十八弯的山路，此时在蓝天白云之下，蜿蜒着伸向天边，显得如此缥缈，就像一条长长的玉带，那是七仙女舞动的水袖吗？当年的七仙女就是从这里下山，遇到了董永，最后定居到我们家乡东台的吗？

下了总关寨，我们一家和一个泰州籍的大学生没有继续乘坐缆车，而是选择了徒步下山。700 多米的下山路并不太好走，一路上，我们不时停下等待小女，和我们相比，12 岁的她毕竟太小了。一路上，不时看到拄着竹杖的年轻人成群结队地向上攀登。听说距离顶峰还有大半行程，他们倒吸一口凉气。看他们汗水涔涔、满脸疲惫，我不由得庆幸自己徒步下山的明智。

到了盘山公路，缆车下来的大部队也刚到不久，导游不住地夸奖我们比预期提前了 20 分钟。更自豪的是小女，因为徒步下山，除了欣赏到了一些意外的景点，她还成了这一团队中大、中、小学生的学习榜样。

再到山脚，天色已暗，汽车向潜山县城方向开去。暮色苍茫中，我们渐行渐远，天柱山在身后越来越模糊了。揉揉开始发酸的小腿，我们心中充满快乐——天柱山之行，我们收获的不仅仅是美景，更重要的是亲历——这一段与体力、意志较量的体验，将永远留在记忆的深处。

也许，这就是旅行的意义吧。

黄山行

都说“五岳归来不看山，黄山归来不看岳”，对于热爱旅行的人来讲，不到黄山走一走的确不够意思。于是，在感受过巍峨雄伟的泰山、神奇秀丽的庐山、峭拔险峻的华山、一柱擎天的天柱山之后，我们终于下决心驱车前往安徽，去拜访这被世人誉为“天下第一奇山”的黄山。

安徽大地真是锦绣多姿。恰逢雨后初晴，一入安徽境内，精神陡然一振。蓝天白云下，碧水青山相依相偎，任意一处都是一幅绝美的画卷。哦不，整个就是一幅连轴长卷呀！瞧那群山连绵，满目苍翠，刚刚还在公路两侧肃然静立的敦厚少年，一忽儿就横到了路中央，嬉闹着要你从他长长的隧道中穿过；明明阳光才洒遍山头，转眼间对面山峰就云雾缭绕……穿梭在群山之中，我们的小车似一尾快活的小鱼儿，向着黄山游去。

云海登高

黄山，秦朝时称黟山，唐朝天宝年间始改今名。传说轩辕黄帝曾在此山修身炼丹，故名黄山，以怪石、奇松、云海、温泉“四绝”名扬天下。

我们来得正是时候，连日的降雨终于消停。从南门乘坐景区游巴往缆车方向，沿途弯道不断，我们却毫无晕眩恶心之感。从山下一直绵延到半山的修竹青翠欲滴，让人顿生清明之气。

缆车开始轻缓地攀爬了。十点钟的阳光正灿烂，越往上便越能看清。山上植被已然换了装，不再是茂密的竹林，黄山松占领了大片领地。有些山脊裸露着，阳光从山顶倾泻而下，便似洒满了碎金。

可是，这些景象和以往登山所见并无多大差异，心底不觉稍稍遗憾，便不再向下看。正当我神游之际，缆车渐渐向北行去，越升越高，视野也越来越开阔，近处远处、身前身后呼啦啦地涌出了无数的山峰。还没来得及惊叹，突然左前方一个山谷间升腾起一股白色团雾。起先淡淡的，若有若无，才一眨眼便凝聚成一束，好似有一双神奇的大手在牵引着，向上窜去，一下子冲上山头，片刻便笼罩了整个山峰。

山间雾气越来越浓，太阳只是偶尔和我们打个照面。下了缆车，我们和导游会合——看黄山奇石没有导游怎能找得准哪是“猴子拜观音”，哪是“老僧入定”？哪是“飞来石”，哪个又是“玉玺石”呢？

一路上，我们一会儿上山一会儿下谷，一会儿小心翼翼攀爬一线天，一会儿停下脚步欣赏那些嘻嘻哈哈对着山谷狂吼的大学生。行走在山间，周身清凉，浑然不觉双腿酸痛，一路奔向目的地光明顶。

登至鳌鱼峰时，我们不约而同地停下了脚步。啊，那是一幅怎样的壮景！刚刚还看得清清楚楚的莲花峰、天都峰和光明顶，突然间消失得无影无踪。眼前突然浓云翻滚，奔腾而泻，如长练垂地，又似千军万马席卷群峰。随着云团的飘浮，对面的高山群峰如同海中礁石，在波涛中岿然不动，恍惚间成了仙界的瑶池玉山，缥缈不定。再看看脚下一处凹下的平坡，竟成了白茫茫的云海。朝下看去，觉得脚下就是万丈深渊，哪里想到刚刚我们还在那里嬉笑？

“云海”果真名不虚传！

中夜揽月

为了能看到晚霞和日出，我们提前在网上预约到了海拔 1800 多米的黄山电视台宾馆揽月楼。登上光明顶，攀上炼丹峰后，我们仨甩开众人，登上揽月楼。

住在山顶的感觉实在奇妙，推窗便是山风扑面，绿意盈眼，哪里还需要空调？晚七点四十五分日落，躺在床上朝左侧远看，果真看到了西天的晚霞。虽然一抹红云只灿烂了几分钟，之后雾气便涌来，并没有预想中的彩霞满天，但因为有群山的映衬和松林的陪伴，这略显羞涩的夕阳便显得愈加情意绵绵了。

入夜，山中浓雾弥漫。听着那对父女均匀的呼吸声，我闭上眼睛却怎么也睡不着。耳朵里分明听到了奇妙的乐音。那轻轻飘过窗外的是什么？是松涛的低吟，还是流云的喘息？侧耳倾听，有虫鸣声声。起初是一两声，吱吱——似乎谁在小心地试探，接着声响变大，渐渐地多且密了起来。听着似在左侧的窗边，细听却又觉得在门前的石柱下，不一会儿四周便笼罩在此起彼伏的虫鸣声中。这简直就是一场浩大的合唱呀！你听，这是一位女中音在深情演绎，那是男生在轻声伴唱，不一会儿又变成了四重唱，低声部的浑厚舒缓，高声区的激昂嘹亮……

听着听着，便再也睡不着了。睁开眼——啊，窗外一片清辉！不知什么时候浓雾已散，半个月亮爬上中天，斜斜地挂在窗前。我轻轻站到窗口，只见群山之巅，半圆的月罩着一圈淡淡的晕，正对着我微笑呢。她是专为我而来的吗?

哦，清风玉露黄山月，鸣虫高楼有心人！

雨中飞瀑

导游说，黄山观日出可遇不可求。的确，一年之中，黄山有三分之二的时间被云雾笼罩着。能够既看到日落又看到日出，简直就是奇迹。我们也不例外，第二天五点一刻准时站到门前，云海茫茫，哪里能寻得太阳公公的影子！

既来之则安之。我们又小憩片刻，享受了一次两名服务生专门服务我们仨的高级待遇后，轻装出发。漫步山道，雾气渐消，倒也不觉得凉。回望已经翻过的一座座山峰，看着造型各异的奇峰怪石，我们不禁慨叹大自然的鬼斧神工。一路上，不见一处地摊，不见一块垃圾，只是偶尔看见一两个阿婆阿爷清扫着台阶；不时有挑山工挑着重重的冬瓜、茭白擦肩而过；还有新开辟的索道工程，工人们已经开始了辛苦的劳作。在这清晨的山岚间，他们为这美丽的黄山默默付出，早已汗流浃背。

说也奇怪，在我们和迎客松合影之后，刚准备和陪客松握握手再下山时，暴雨突至。撑开备好的雨伞，躲到一块圆石背后，我们的前心后背还是淋得透湿。

哈，它们是不愿意陪我们吗？还是嗔怪我们在告别之际才来到玉屏楼乱了规矩？所幸下山的索道在百十米的下方，为了不再淋雨，我们选择了乘缆车下山。

而这一次的索道却给了我一个大大的惊喜！

黄山除了“四绝”，还有飞瀑，深潭、清溪等随山附赠的美景，只不过它们零散地分布在不同的山峰。此刻大雨如注，竟然透过玻璃窗洒落到我们身上。但谁也顾不得擦一把脸，拧一下衣服，因为，高空中，我们看到了万千瀑布飞流直下，山环瀑，瀑抱山，瀑山交融，如诗如画。

那不是传说中的人字瀑吗？它从高高的山顶一泻千里，行至山腰，又兵分两路分别夺路而下。哦，百丈瀑不是位于青潭峰和紫云峰之间吗？怎么左前方玉屏山上也有一条巨大的瀑布沿着千尺悬崖垂落而下，宛若一匹白练悬挂眼前，它是使了魔法飞身前来的吗？哦哦哦，那不会是九龙瀑吧？那飞泻而下的群瀑，宛若无数条玉龙从天而降，遇上突出山体的岩石，便如碎玉乱溅……看着万千飞瀑，觉得明代诗人谢室那句“入山千万曲，曲曲皆清溪”简直写活了眼前之象。

这意外的惊喜，让我们哇哇乱叫。可惜缆车不等人，不一会儿便到了终点。下得山来，已是艳阳高照，看着湿淋淋的对方，我们眨眨眼，刚刚的奇观早已无迹可寻，一切恍若梦境。

观壶口瀑布

近了，近了！壶口瀑布，我看你来啦！

车还没停稳，我就一跃而下，冲向了前方开阔的黄土地。啊，黄河，我朝思暮想的黄河水，你在哪里呢？眼前是一片高高低低的黄泥地，凸起的是大大小小的黄褐色岩石。两岸是高耸的山，山上绿意盎然，偶尔闪过一点儿黄色，那是裸露的山体。头顶是蓝蓝的天空，山风拂面，风景如画，倒也惬意。

只是，奔腾的黄河呢？我看不见，听不见。若不是左侧几米高处那条插着红旗的黄色船模标志，谁能想到那就是昔日的黄河水位？

人流越来越汹涌。拉着女儿，我劈波斩浪冲向前。哦，那是了！窄窄的一道裂缝，远远地出现在我的脚下方。更低层的裂缝两侧早已站满了人。裂缝里，一道浊黄色的水不紧不慢地流向身后。

“轰——”夹杂着嘈杂声、尖叫声，一阵巨响在耳边炸开。前方腾起了一阵水雾，足有三米高，洒得我满头满脸。啊，是黄河在咆哮！

不知怎的，人群一下子散开了。眼前顿时开阔起来。那是怎样的一道壮景！远远望去，浑黄的河水从五百米宽的河道上排排涌来，翻滚着，打着卷儿，前推后搡、左冲右突，有时撞上岸边的岩石，顿时碎成一堆白雪；有时一个浪头扑来，还来不及冲向前的水波被猛然一扑，立即还击，溅起几人高的水柱；有时又像温驯的绵羊，排成了队列匍匐着向前。

我们继续向上游走去。眼前多出了一道铁丝网，上下两排细细的铁丝拴在几根木桩上。原来脚下突然出现了一条四十多米宽的深沟，正酣畅淋漓的河水到这里突然一下子被收束起来。这些恣意奔腾着的野马怎肯轻易屈服？它们来不及想，也不愿意想，就一头冲下深沟，在沟底嘶鸣，拧起一个又一个漩涡。原来，这突然凹下去的一条深沟便是“壶口”，当地人叫“龙槽”。

不少游人靠着铁丝，寻找最佳位置抢拍。瞧那位爸爸，一手举着相机抓拍浊浪排空，一手拉着脚底打滑的孩子。下方是滚滚的洪流，耳边如千军万马嘶鸣，实在是惊心动魄。这样的震撼绝不是记忆中瀑布的模样。回想登庐山看三叠泉瀑布，仰首看去，青青的山、翠绿的树，一道白练从百米的高山之巅飞跃而下，一叠，一叠，又一叠，是多么的峭拔秀美。犹记当初跳到潭边接泉的一幕，那是怎样的养心悦目啊！

眼前的壶口瀑布完全颠覆了我的感官，它是从平地向更低的沟里跌去。壶口毕竟太窄，不能尽收这一川黄浪，于是这些被憋闷的浑水便各自夺路而走，它们在龙槽两边的滩壁上散开来，钻石觅缝开拓疆土，虽然仅仅是一股细流，一潭浊影，一道石罅，却永不停歇，不舍昼夜。

如果把那些飞瀑比作美酒佳酿，或是天外飞仙，我更愿意把壶口瀑布比成这黄土地上赤脚的农民，这陕北大地香醇浓烈的黄酒。不是吗？黄河，我该走了，可我却不愿就这样匆匆离别。我要怎样才能将你长留心间？

蹲下身，我掬不起一捧黄河水。那么，就让我揣一抔黄河泥，藏一粒黄河石吧！这软软的、黏黏的黄河泥啊，这硬硬的、黑黑的黄河石啊，请允许我携你一起，风雨兼程！

庐山之恋

最初认识庐山，缘于语文课本中李白的《望庐山瀑布》、张建恒的《庐山的云雾》、白居易的《大林寺桃花》、苏轼的《题西林壁》和陶渊明的《桃花源记》。后来我喜欢上历史和旅行，就有了进一步了解庐山的愿望。原来，庐山不仅风光秀丽，更集教育名山、文化名山、宗教名山、政治名山于一身。

于是，在这个异常炎热的夏秋之交，我终于决定前往江西九江拜访庐山。

一路疾驰。终于，暮色霭霭中，我们看到了九江长江大桥。近了，更近了！前方连绵的远山就是庐山，一弯新月已经悄悄挂在了傍晚的天空。雾气缭绕在山腰间，黛青色的群山在夕阳的余晖下，似一个薄纱掩面的女子，优雅而神秘。

为了第二天的长途跋涉，我们不得不打消看夜景的念头，早早入睡。次日六点整准时起床，在陶渊明石像的凝眸中，我们迎着朝阳，以最饱满的精神和热情向庐山进发。

一

乘着旅游观光车，从西门进，沿着“阳光大道”，转过了396处弯后，又走了约1500米的路，我们来到如琴湖。

湖岸曲线玲珑，湖面状似一把小提琴，湖名因此而来。椭圆形的湖心岛西边建有水榭，配建的九曲廊桥与湖岸相连。岛上四周绿树环绕，有小径供游人漫步。澄碧的如琴湖水倒映着蓝天、白云和湖岸及周围浓浓的绿意，使这半山湖泊显得水光闪烁。刚刚立秋，清凉的山风中，行走在这如诗如画的意境里，陶醉得我们忘了前方还有更多的美在召唤。

行过一段路程后导游引我们右拐，并告诉我们，庐山小景三百多，大景五十多，素有“春如梦、夏如滴、秋如醉、冬如玉”之说。沿石阶而下，见一很是秀丽的大石头，上书三个红色大字“锦绣谷”。相传，此处为晋代东方名僧慧远采撷花卉、草药处。这儿四时花开，犹如锦绣，故名。北宋文学家王安石游览此处时即兴诗云：“还家一笑即芳晨，好与名山作主人。邂逅五湖乘兴往，相邀锦绣谷中春。”

因为来庐山前的预习功课做得足，我们甩开了导游，在摩肩接踵的人流中沿着小路向前移动。这是一条傍绝壁悬崖修筑的石级便道，长约1.5千米。不知为何，谷中并未见许多奇花异草，但各种树木却真不少，认识的，不认识的，浅绿、翠绿、深绿、橙红、土黄……绚丽的树叶也是极吸人眼球的。

文人雅士对名山的评价大致可归纳为“山之骨在石，山之趣在水，山之态在树，山之精神在峭、在秀、在高，有一于此，方足著称”，而庐山无一不有，无一不佳，在锦绣谷内欣赏，可谓赏心悦目。可不要忙着赶路，且留意周围那些形态各异的怪石吧：有的如白发老翁，有的似跳出水面的青蛙，有的若搏斗的双狮、扬鬃撒足的野马、翱翔长空的雄鹰，还有的像观音对台梳妆……

沿着依山小径而行，一座数十米高的孤石峰凌空拔起，竖在眼前。峰巅上有块巨石，酷似一个硕大无比的老人头，故称之人头石。其面容憔悴，形象逼真，连眉眼、皱纹都很清晰，惟妙惟肖。峰下有一洞，名锦绣洞。走进洞内，可容十多人，有天然石桌石凳，供人休憩，洞外有一股清泉不断流入洞中。

再从仅容一个人俯首侧身而过的锦绣门出来，不一会儿便到了险峰。然后便可以看到天桥——一处巨大的断层，峰高壑深，峭壁连片，山崖上有一块褐色巨石伸向深涧，远远望去似一座断桥。相传当年朱元璋与陈友谅大战鄱阳湖时，在前临深壑后有追兵的紧急关头，突然天降金龙横卧深壑之上。待朱元璋纵马跃过后，忽然天昏地暗，飞沙走石，天桥瞬间断裂。

站在此处，看对面的山势平缓向上，满山翠绿，感觉特别亲切。突然听到前面一个导游在介绍："对面那绿道就是老版电视剧《西游记》片头中唐僧师徒四人上山的拍摄场地。"哦，怪不得如此眼熟！往远处看，只见群山环抱，九江城似一个娇态十足的娃娃躺在母亲柔软的臂弯里酣睡。远处隐约有云雾绕上半山腰，"一览众山小"的感受，胸中顿生一股浩荡之气。

人流在身后不断涌动，我们只得继续前进。穿过了仙人洞，站过了谈判台，看过了御碑亭，我们便出了谷。

走下百十级石阶，便可见花径，据说这是当年白居易行走过的小路。小径两旁翠竹绿树，不时有山泉从深处的巨石之间流过来，水声潺潺，幽静宜人。想当年，白司马一定在此处流连行吟，甚至借酒消愁吧。

继续往前，就是白居易草堂。这是一个面积不大的公园，白居易捋须沉吟的石像立在草堂一侧，园内有一小荷塘，白色、红色的睡莲留住了不少游客的身影。我们沿着塘边雅致的石子小路，向深处前行。虽是初秋，但小径两边大片大片各色的花儿开放得很是恣意，我们氤氲在阵阵香气中，禁不住心神荡漾。

二

如果说泰山是敦厚朴实的男子，那么庐山的确算得上是妩媚的娇娘了。一路上，瞧不尽秀峰一带的奇峰异峦，看不足山间的悬泉飞瀑啊！对着随团的实习小导游，我大发感慨："树和水就是山的魂。倘若用一个词来形容泰山，我选择'点翠'，庐山才是真正的'层林尽染'呢！"

虽然东偎鄱阳湖，北枕滔滔长江，但因为久旱无雨，"庐山三绝"之一的云海是看不到了，不过瀑布仍然珠玉飞溅，不可不看。

很想去秀峰看看香炉峰的瀑布，那是李白当年欲登而不能至的佳境。虽有缆车，但由于行程有限，我们只能在车上一瞥了。远远望去，双剑、文殊二峰之间有一条白线悬挂着，那就"飞流直下三千尺，疑是银河落九天"的壮观景象了，可惜不能到近前感受。

所幸可以领略庐山五老峰崖口处的"叠泉瀑布"，它被称为"世界上最壮丽最优美的喀斯特瀑布"，为古今登庐山的游客的必到之地。

要看瀑布，需得一步一步上到1500米高处的观瀑亭。这其间共有五座桥，从庐山东门到第一座桥是一段修筑好的斜坡，也是唯一可以乘坐电瓶车的一段路。因为前两天刚爬过天柱山，为了节省体力，我们选择了乘车。后面的四座桥除了坐300元一趟的竹轿，没有其他捷径，可是那样又有什么意思呢？于是我们一家三人鼓足勇气，迈着早已僵硬的腿，愣是爬上了最高点。呵，这是一种多么奇异的感觉！看那些昨天就比我们少登了半座山，今天又半途返回的同行者，我们虽然汗流浃背，脸红得似煮熟的虾子，但还是觉得爽极了。

三叠泉瀑布总落差为155米。一叠直垂，水从20多米的簸箕背上一倾而下；二叠弯曲如弓形；三叠最为壮观，高50米，直泻入潭中。站在观瀑亭抬头仰望，只见山顶上奔流而下的白练抛珠溅玉，发出阵阵轰鸣，令人叹为观止。因为长期少雨，宽阔的瀑身被分成了一大一小两条，仿佛母子相携。瀑旁绿树蓊郁，似深情的男子默默守候着心仪的女郎，只等她温柔的抚摸，彼时，更绿得透亮。此刻，如不是因为身边的游客，我真想对着山瀑长啸，忽而又觉得应该背一张古琴，让老公携上那根早已束之高阁的竹箫，好来合奏一曲早已失传的《广陵散》！

我说，看瀑不品泉应是一大憾事，我们可不能错过。于是，倒掉背上山的3升的矿泉水，我和老公携着女儿小心翼翼地探到瀑布下方的巨石。伸手，接泉。嗯，果真清冽甘甜，且注满，回家烧滚，泡上一壶上好的碧螺春或者白茶，细啜慢饮……

天色渐暗了，约好六点半到山下集中，我们只得恋恋不舍地起身，捶捶早已酸疼得麻木的双腿，比赛着朝山下走去。奇怪，赶到山下，乘车的游客也刚刚到达，是这三叠泉的泉水给予了我们神奇的力量吗？是这庐山的灵魂注入了我们的体内了吗？

呵呵，我想，一定是这样的。

激情罗河谷

车子突然拐了一个弯，向潜山县方向驶去。前方连绵的远山是大别山的余脉，山势不是很险，但对于终日生活在平原的我来说，已是分外惊喜了。

车子顺着山势盘旋，导游一路娓娓叙着《孔雀东南飞》中焦仲卿、刘兰芝和三国大、小乔的爱情故事。啊，看到天柱山了！我们都雀跃起来——此次来到皖国古都、黄梅之乡，目的之一是“古南岳”天柱山下的一条狭长的峡谷。在这里，我们将体验安徽最大、最长、最刺激的罗河谷漂流。

今夏枯雨，上游的水量不足，于是景区使用“循环水”，即将谷内的水抽回上游水库，然后限时开闸漂流。我们很幸运，到达目的地后正赶上开闸。在指导员的安排下，我们一家三人穿上救生衣登上了皮艇。

首先到闸下方的深潭熟悉操作。别小看这一环节，皮艇首尾二人需要配合协调方可前进，一方稍稍用力不匀，皮艇就只能原地转圈。在我们之前下水的父子俩不知怎的到了闸的正下方。只见滚滚水流倾泻而下，白浪翻滚，儿子用力划着木桨，急得直嚷："老爸，怎么不前进呀？"

我们控制着划桨的力度，小心翼翼地从深潭划向峡谷。这是第一个险滩，约1米深的激流。正担心着会不会翻船，险滩处的护卫人员已经大叫"抓好安全把手，冲啦！"刚抓紧把手，顿觉皮艇一个急旋，先是左撞一下岸边的巨石，接着下一个暗礁突然一顶，小艇一下子向右倾斜。还没来不及尖叫，老公所在的一端已经向下急滑，我则似乎要腾空飞跃一般，只觉得再不平衡，小艇就得将我们倒扣在水底了。突然，一股水柱铺天盖地地扑了过来，小艇刹那间灌满了水，渐渐平稳了下来。这时，我们三人互相一看，满头满脸都是水，禁不住哈哈大笑。

后面的皮艇陆续向前划来，尖叫声，大笑声不时传来。停下桨，找一块巨石登上，我们倒掉艇内的积水，然后顺着水流向前方缓缓漂流。山风吹来，凉风习习。抬头向上，只见夹岸高山，树木葱茏。再向上，碧空如洗，白云朵朵驻留山巅，似晴空雪峰，煞是壮美！"好漂亮的花蝴蝶！"女儿忽然嚷道。原来是一只硕大的黑斑彩蝶在我们小艇上方翩飞呢。它是欢迎我们这远道而来的客人，为我们这次的漂流助兴来了吗？

正流连于沿岸风景，突然一个漩涡将我们的小艇圈住了。后面跟上来的小艇一不留意，一头撞了上来，紧跟着，接二连三而来的皮艇挤成了一堆。岸边的安全护卫赶了过来疏通，原来前方就是最危险的深潭。这一处险滩看着就揪心，眼前是一道约一米宽的弯曲下斜的"水桥"，瞅着皮艇就要朝下方三四米深的潭冲去，头皮一阵发麻。往下冲了！皮艇左冲右突，浪花飞溅，我紧闭双眼，真如腾云驾雾一般。小女不停尖叫"好刺激！"就连平时喜怒不形于色的老公也兴奋得哈哈大笑。

漂流是一项挑战智慧、勇气、胆识和毅力的游戏。在一片尖叫声中，我们安全抵达深潭，身后的几艘小艇可就没这么幸运了。不好，那一对兄弟也许没抓牢安全把手，小艇猛然被旁边凸出的一块石头撞上，一下子倒翻进了深潭，一个小伙子翻了个筋斗，跌入水中。正当我们大呼“救人”时，小伙子水淋淋地从水中冒了出来，摸一下脸，笑着说：“没事儿！”哈哈，原来所谓的深潭也只是水没到了他的腰！

因为放松了警惕，孩子们渐渐放肆起来。一个小男孩端起了长长的水枪向周围的小艇猛射。年轻的母亲不时轻声喝止，却阻止不了孩子的激情。后面有几只皮艇冲了下来，和前面悠悠的皮艇们又来了个亲密接触。这一来，小男孩一个趔趄倒在了艇里，水枪滑到了激流中。年轻的母亲急着去拉儿子，一不留神，一只拖鞋又甩到了水里。看到孩子安全了，她忙划桨去追赶丢失的水枪和拖鞋。可是水流太急，她刚碰到水枪，一个浪头扑来，眼睛就睁不开了。再看时，水枪已经被冲到另一处激流。后面的小艇不断涌来，断了追寻的路。就在她放弃找寻的时候，那只漂亮的拖鞋却又被一股水流冲到了跟前。旁边一个女孩眼疾手快，伸长木桨去拍打，再伸另一只手，一下子抓住，年轻的母亲惊喜得连连道谢。只是小男孩噘起了嘴，可不一会儿，又笑逐颜开——他又和旁边小艇上的一个小哥哥互相泼起水来了。呵，最是无邪童真时！

就这样，在有惊无险的行程中，我们乘着皮艇，穿深潭、越险滩，在湍急的溪流中左冲右突，与浪共舞，赏风光，体验别样乐趣！

三月，古镇寻春

“草长莺飞二月天”“烟花三月下扬州”，说的是江南的农历二三月份，彼时彼地鸟语花香，繁花似锦，应是春意正浓。转眼三月将至，我们早已做好拥抱状，春，却似一位矜持的女子，不知躲在哪一处，只料峭着东风，欲语还休。

我们却已等不及了，一路闹着，向南寻去。过了江，绿意渐浓，那是正在拔节的麦苗，一茬茬，一片片，很是惹眼，只是春的印记还是未曾显露。

再向南，我们直奔南浔，商贾云集的古镇。

踩着斑驳着青苔的青石板小径，我们绕过一个个故居和XX号，映入眼帘的是黛瓦粉墙、石库墙门，悠悠绿水；萦绕耳畔的是哗哗的摇橹声和此起彼伏的招呼声——水乡的人似乎也沾染了水的灵秀，招揽客人也是那般温婉，全然没有扯着嗓子吆喝的架势。鼻尖舌苔，流连的是独具古镇特色的各式小吃——竟然也有臭豆腐干——只是不觉得比自家小城的更纯正。漫步间，怎么也寻不见春的踪影，遗憾就不觉袭来。

继续前行，我们来到了小莲庄。小莲庄是清光禄大夫、巨贾刘镛（非宰相刘墉）的家庙和花园，传说因为主人钦慕元代书画家赵孟頫建于湖州的莲花庄得名。据记载，刘镛虽贵为“四象之首”（清光绪年间，江浙一带的人们把南浔的富商称为“四象八牛七十二金狗”），但刘镛致富不忘本，常散千金赈灾，获得了乡邻的爱戴。他去世之时，远近百姓得知，纷纷吊唁，哭声一片。

唏嘘感慨之余，信步园内，因是早春，除了百年广玉兰参天耸立，常绿的槭树飒飒着树叶，满目皆是褐色的枝干。若不仔细寻去，那墙头瓦缝处、青砖小径间，嶙峋的假山奇石后，偶尔探出头的、叫不上名儿的、绿盈盈的小植物决不轻易让人瞅见，你也决然体会不了浅草没马蹄的感觉了。噫，这南国的春，竟也来得这般姗姗！

忽然瞥见前方不远处的一株古藤。导游小姐娓娓介绍：“这株古藤已有百岁，花期至，满树紫花，主人将它安置花园东方，意寓‘紫气东来’，夏日浓时，和南侧的满塘红荷相映成趣，谓之‘大红大紫’……”

不觉顿住脚步看去——古藤的许多地下根早已裸露出地基，纵横交错着，似历经沧桑的老人的手臂，干枯却坚韧；藤皮或剥落或撕裂，灰褐色的藤身恣意向上扭曲着；沿着五折长桥，苍老遒劲的枝干似蛟龙腾挪前伸，搭上一棵苍松，向西，攀上一株翠柏，再伸展……那藤条的末端始终伸向远方，不经意间，就看到了鼓起的一个个椭圆的小疙瘩，它们努力地饱胀，也是在寻找春天吗？

这究竟是一种怎样的生命姿态？端详着它，不禁喟叹大自然的伟力，心底又突然冒出李白的诗句：“紫藤挂云木，花蔓宜阳春。密叶隐歌鸟，香风留美人。”今天虽不见藤绿花紫，但我似乎已经看到了满树的紫色花朵儿，一串挨着一串，一朵接着一朵，彼此推着挤着……远远望去，云蒸霞蔚，好不壮观！闭上眼睛，仿佛有异香拂面——该是春的味道吧。

…… ……

“哎——快看，好奇怪的树！”后面几个小姑娘追逐着朝着古藤奔来，咯咯的笑声感染了我们，不知谁哼起了那首《紫藤花》：“藤蔓摇曳着微笑，风屏仿佛自别停靠，她悬挂在阳光下闪耀，那姿态蜿蜒的多美妙……”清婉的歌声飘过古藤绵延的枝条，弥漫了整个小莲庄，正向园外溢去……

古镇的春天，已经悄然来到。

初访许村

许村，安徽省歙县的一个文化古村落，地处黄山主脉箬岭南麓，唐以前为歙北要冲。许村的历史可以追溯到东汉，古称富资里，南朝梁时更名为“昉溪”。我们决定拜访它是因为大型人文纪录片《祖祠徽州行——许村许氏》。

许村位于歙县县城西北 20 千米处。出了县城，车辆行人越来越少，道路也不似刚才的平整。不久，导航便把我们引上了一条狭窄的红泥路。车子在尘土飞扬中缓缓前行，不时看到有挖土机在清理路面——路北的几座小山因为连日的暴雨导致了泥石流。看着那坍塌的山体，不觉心惊。好容易拐过几道弯，穿过几个破落的小居民点，我们终于看到了一条水泥路。

近了！远处隐隐看到一座古旧的牌坊立在路的一侧，另一侧是满眼的绿意——稻田里的秧苗齐刷刷地挺直了纤腰，似在欢迎远道而来的客人。

下了车，我们直接进入景区。因为办了旅游年卡，这次的许村之行免费，也就没有导游随行。没想到我们站在石坊前阅读许村历史时，一位大伯走过来，操一口不太标准的普通话为我们细细讲解起来。

日头正毒，不一会儿我们便汗流浃背。我将遮阳伞稍稍偏向大伯，他轻轻一让，说：“没事儿，你自己撑着吧”。这一幕被小房子里的售票阿姨看到了，立即送来了一顶大草帽。

我这才仔细打量起这位导游大伯：黝黑的皮肤，白色的短袖衬衫，裤子半卷着，脚上蹬着一双解放鞋，再配上这有点儿破旧的草帽，不就是一个地道的农民嘛。见我盯着他，他憨憨地笑了笑：“游人不多，我这顺空干活呢”。

他告诉我们，许村现在仍保存有元明至民国时期的古建筑100余座，数量为徽州古村落之最。他一边为我们讲解许村诸多牌坊的典故，一边带领我们参观了第一部分——许家大祠堂。他抚摸着大门上已经剥落的笑脸门神像说：“一般门神是凶脸，唯独我们许村是笑脸，因为孩子们害怕呀。”又自豪地问我们：“听说过北纬30度吧？这是一条神秘而又奇特的纬线，贯穿四大文明古国。在这条纬线附近有神秘的百慕大三角、著名的埃及金字塔、传说中沉没的大西洲、世界最高峰珠穆朗玛峰……准确地讲，我们许村正处于北纬29.9度，这里人崇尚先贤，尊师重教，历史上先后共出进士四十八人，近代又出现了‘一门五博士’的盛况。你们瞧！”他指着远近的几座牌坊说，“它们是皇帝为表彰功勋、科第、德政以及忠孝节义建筑的。牌坊分为三等：御赐、恩荣、圣旨。我们这里有仅存的元代牌坊，但大多是明朝和清朝的。”

锁上许家宅院的大门，老伯停住了脚步，略有歉意地指着北边说：“你们顺着这条石板路走，过了高阳廊桥会看到许村古建筑群，那是罕见而独特的村落景观，是研究徽州文化必不可少的实物资料，具有较高的历史价值、科学价值和艺术价值，吸引了东南大学、中国美院等40余所大学的师生前来研究和写生呢。”

谢过大伯，我们继续前行。绕过几道弯，我们看到了一条清澈的小河，有意思的是村里人还在河道中段设了一道堤坝，恰好做成了一道微型瀑布，远远看去，倒也别有韵味。

正举着相机拍照时，一位大爷摇着把折扇笑眯眯地踱来：“你们是来旅游的吧？跟我走啊。”我们并不担心上当受骗，跟着他慢悠悠地散步。“转个弯就是有名的高阳廊桥，”大爷轻声慢语道，“高阳桥又称离合桥，是双孔石墩廊桥，建于元朝，明朝改为石拱桥，已经翻修多次了。”

桥上有廊，桥里面挂着灯笼，两侧每隔一段距离就设几张长条凳，不少老人正聚在一起摇着蒲扇纳凉谈心。一瞬间，我恍惚回到了三十年前，那时候每天傍晚我们都要聚集到村里的大桥上纳凉聊天，也是这样的蒲扇，也是这般的温馨。看到大爷，几位正在说笑的老人打招呼：“带客人逛啊？”大爷摇摇书卷气很浓的折扇大声回：“是啊，你们先聊！”

桥廊中央南侧设有佛座，供着观音菩萨。走下廊桥便是一座石牌坊，大概有五层楼高，刻着“双寿承恩坊”，雕工十分精美。大爷指着牌坊说：“这是明朝时候朝廷为许村的一对百岁夫妻设立的牌坊，那时候，可是了不得的哟！”

与牌坊毗邻的是两层楼高的“大观亭”。大爷问我们：“你们干什么工作啊？小娃娃上初中吧？”得知我们是教师，他笑歪了嘴：“我就是退休教师，孙女和小姑娘同岁呢。告诉你们，这亭子是木构架，建于明嘉靖年间，是当地文人聚会之所，登上这座亭子，远山近水、村落田畴、古建民居尽收眼底！”

大爷慢悠悠地踱着步，又带领我们欣赏了王安石、文天祥、朱熹、董其昌等历代名人留下的诗文。在他低沉舒缓的介绍中，我们的脚步也不觉慢了下来，原本还有点儿焦灼的心就这样渐渐沉淀了下来。

参观结束了，在大爷的建议下，我们顺着西侧的街道往回走。一出村子，立即看到了来往的车辆、林立的楼房和热闹的商铺。村里村外恍若两个世界。

不知不觉中，夜幕降临，我们只得恋恋不舍地返回县城。路还是那条红泥路，依然颠簸不平，心却平静如水。许村，这个藏在大山深处的历史文化名镇，一定会被好好保护和开发。那时候，它就如一坛开封的陈年老窖，浓醇的香气弥漫整个华夏大地！

水墨丹青醉三峡

辞别三峡已有多日，却总不敢提笔，生怕亵渎了那千里江山。可每当夜深人静之时，那缭绕的云雾，那青的山绿的水，那连绵不断流动的画面，却仿佛一轴长卷，如此清晰地在眼前渐次展开。

哦，醉了醉了……怎一个江山如画！是谁，绘得如此水墨丹青？

“西陵山水天下佳。”炎炎夏日，我们自湖北宜昌逆流而上。首先迎接我们的是自然风光最为优美的西陵峡。这是长江三峡中最长的峡谷，全长 120 千米。旧时西陵峡滩险水急，礁石林立，白居易曾形容它“白狗次黄牛，滩如竹节稠”。三峡大坝建成后，高峡出平湖，沿溯不再阻绝，壮丽的景色依旧。站在船头极目远眺，天高云淡，碧水微漾，两岸连山重岩叠嶂，自是神清气爽。此处江面宽阔，水流平缓，游轮如履平川，虽然与郦道元所注“夏水襄陵，沿溯阻绝……虽乘奔御风，不以疾也”相去甚远，却也奇趣无穷。

幸运的是，西陵峡的一段 30 千米左右的原始峡谷风光未被淹没，沿途可以欣赏原汁原味的三峡风光。在三峡大坝和葛洲坝之间，跨越秀丽的灯影峡两岸，我们走进了依山傍水、风景如画的三峡人家。

那是怎样的一种享受啊！阿妹导游背着插满鲜花的小背篓，引领我们沿着高低错落的石径缓缓前行。虽然骄阳似火，但岩壁峻峭，茂竹森森，凉风习习，偶尔窜来几只机灵的小猴讨食，很是惬意。桥下是欢快的溪水，时而围着大小各异的石块回旋，时而从前方的石缝间一跃而下，跌入深潭。待它安静地汇入宽阔的水域时，那如镜的水面绿得让人不忍大声喧哗。那久违的古帆船、乌篷船就静静地泊着，是在回忆千年的孤独吗？正当你屏息凝神等待栖息的鸬鹚跃入水中捕鱼时，那边却传来清越的山歌，原来是渔家。男人悠然站立在船头，"呼啦"一下将渔网撒向水面，顿时溅起一层细浪。船尾的妇人不急不躁地缝补着渔网。最喜岸边青春女儿，挥着棒槌轻哼着山歌。游客中一个顽皮的小伙子忽地亮开嗓子："阿妹——"那边阿妹立刻脆脆地应和："哎——阿哥——"引得游客纷纷对起了山歌。

再看那山上人家。依山势而建的吊脚楼别有一番风情。楼上吊着大蒜、包谷、红辣椒、蓑衣、斗笠。虽然未见到袅袅炊烟，但门前的溪水里有鸭鹅嬉戏，楼下有小狗"汪汪"地摇尾欢迎。恍惚间，我似乎梦回烟雨江南。遥远的记忆中，山岚氤氲，有一对少年正在临风习剑，渴了，掬一捧溪水，倦了，沿着石径贴着峭壁追逐嬉笑，奔向远处的山坡。待得功课完毕，男孩跃上马背，女孩唤起羊儿。

"巴东三峡巫峡长，猿鸣三声泪沾裳。"行至巫峡，夹岸奇峰突兀，层峦叠嶂，云腾雾绕，江流也变得蜿蜒曲折。游轮过处，碧绿的水纹逐渐变粗，江心也出现了一圈圈浑浊的暗流。站在游轮顶层的观景台上，耳内听着导游小哥介绍巫山十二峰，眼前宛如一条迂回曲折的画廊，时而青山入云疑无路，忽又峰回路转云雾散。只是，不知那些曾经哀鸣的猿猴如今身在何处？

迎着江风，我忍不住伸展双臂，想拥抱这画山绣水，又想借得生花妙笔，绘下这旖旎风光。

最震撼的当属于瞿塘峡。“镇全川之水，扼巴鄂咽喉，长江上游之水至此入峡。”傍晚，站在夔门观景台，仰首流云飞渡；远看“白盐山”和“赤甲山”隔江相望，一个红装，一个素裹，悬崖峭壁如同刀削斧砍；俯视脚下，江水浩荡东泻，浑浊的波涛奔腾呼啸，滚滚东流。站在船上，俯仰之间，心潮汹涌：在大自然面前，人类何其强悍，却又是何其渺小！

当天际最后一丝亮光隐没时，我并没有看到如前几夜一般璀璨的灯火。苍茫的夜色中，陡峭的岩壁似乎扑面而来，心中陡生寒意。正自心惊，眼前一个亮点一闪而过。悄悄询问导游，原来，在这连绵的山中，只剩下这一户人家没有跟随移民的大军。难以想象，崇山峻岭中，不通电未通水的这户人家，喝一碗水，种一粒粮，该流多少汗？我们眼中的诗情画意难道不正是他们的穷山恶水？可他们，为何如此恋恋不舍？

导游没有回答，笑着对我说，“虽然现在三峡有六成的自然景观被淹没，但绝大多数名胜古迹还是保存了下来，还出现了很多独特的美景呢。三峡秋冬最美，待到满山红叶时，欢迎您再来！”

我点点头，默然无语。是的，虽然这次的三峡之行未能循着郦道元的足迹，但又何妨？行走的意义原本就在于改变一成不变的思维，而远行的目的远大于此。

恰逢古镇年少时

再到安丰，我惊诧于它的活力四射。

安丰，初名东淘，古为海滨斥卤之地。西汉时期，先民煮盐入史，逐渐发展为海陵八大盐场之一。后易名为安丰，既为纪念心系苍生的范仲淹，又寄托民安物丰的美好愿望。

安丰的主街道以“传统白”为底色。走在街上，一下子便能感受到独具特色的盐韵气质。又因着悠久的历史，小镇自带光华，厚重感扑面而来。

初至安丰时，我们一直顺着河堤的白色路面走。在一座汉白玉色的牌楼处轻轻拐个弯，便来到古南街。踏上斑驳着青苔的麻石条路，看青天、青砖、青瓦和瓦花，不自觉地就慢下了脚步，似乎走进了一段旧时光。

前方有筝声传来，婉转而低沉，竟有些古琴的意味。那是一间古玩店。置身碧玉中的女子，素衣长发，正凝神拨弄着琴弦，似正在禅修的居士，浑然不管游客在身侧叽叽喳喳。是了，合适就挑一件，不合适，细细赏玩亦无不可。在这样的随性中，谁都会忍不住驻足。哪怕只是静静地站着，感受一下。

这样的安丰似乎少了些暖意？哦不。走着，看着，耳畔便似响起了东淘精舍的琅琅书声，飘来了筒炉烧饼的暖暖香气。在这仿若时光隧道的七里古街上，急乎乎远道而来的游客们也一下子静了下来。这些古宅、古树和老字号，是将他们带回了久远的记忆吧？人们突然间寻到这一方慢时光，又如何不陶然物外呢？

我以为，这样的慢，就是安丰的名片。没想到再次见面时，迎接我的却是另一张活泼的面孔。

其实，这完全是一个偶然的机缘。因为一个亲戚托我留意招聘信息，于是无意中看到了“和美洋洼”的公众号。原来，古街旅游名镇只是“五彩”安丰新画卷中的一幅。

也许是因着徽籍盐商事业的兴旺，安丰的商业意识一直很强。40余家百年老字号，25万平方米的明清建筑群，年接待游客2100万人次，昔日商贸的繁荣景象频频再现。

如果说旅游产业的兴起是安丰人吃的老本，还不足以晃眼，那么，生机勃勃的安南电商工业园的确让我惊艳了。

智慧的安丰人将工业园选择在沈海高速出口附近。俯瞰工业园区，亮丽的“科技蓝”和“创新橙”立即让人眼前一亮。

走进园区，暖意扑面而来。块状的作业区域、整齐的厂房、来往的车队、有序的作业，处处彰显着园区的管理智慧。大楼前、小径边、广场四围、文化长廊后，或林木成荫，或繁花似锦，或绿草如茵。抬头，迎风招展的几面旗帜让人心旌神摇——谁能想到，短短几年，这小小的洋洼会变了模样？

如今，依托区位优势和独特的资源禀赋，园区吸引了上海、浙江、苏州等地的一批企业前来考察洽谈。近年来，古镇更是沿着“两海两绿”发展路径，大力推进电子信息产业重镇建设，掀起了全民创业、万众创新的时代热潮，着力打造零部件制造和组装产业链，向电脑、电视、汽车、高铁、航空等多维度延伸，力争更多智能终端产品的突破。一座现代化的智造小镇，已在黄海之滨拔地而起。

是什么催生了这神奇的变化？这里文化底蕴深厚，百姓淳朴友善，环境清净舒适，鱼汤面鲜美清淡，哪一样不是吸引投资的理由呢？

这样一个活力四射、开放包容的小镇，怎能不让我惊诧？再次伫立于“传统白”的中心路，我满心喜悦。我看到，这个古老而又年轻的小镇，正迎着朝阳，激情满怀地拥抱未来。

城东听春

春风拂槛露华浓。苏北的春天，需得春分过后才盛开。

前段日子匆匆回了一趟小城。街头小巷、公园行道，迎春和连翘还在可着劲儿地闹，梅花正引领着时尚，玉兰树上挂满了或白或紫的铃铛……许久未归，小城已是春意烂漫。

看看城东新区，本该花团锦簇的红叶李、玉兰树们依然不动声色，就连杨柳枝也没有任何苏醒的迹象，更别提还只是光着脖子的海棠和桃树了。随处可见的是红叶石楠、黄杨、翠竹，它们精神抖擞、整齐划一地列队在尘土飞扬的新区，的确让视野多了一抹亮色。然而，我仍怅然若失——板着同样面孔的它们，实在少了点儿生气。

春色尚未至城东，一样萧瑟一样浓。我正感慨着，谁料一夜之间，整个新区竟鲜妍明媚起来，就似一个早就盛装却躲在闺房迟迟不肯上轿的新嫁娘。

春风暖，春水流。积蓄了一冬的力量，城东的春，虽然来得稍微晚，但毕竟已经来到。满眼是新绿，处处有花香。站定一处，远远望去，绿树绕庄，桃花红、李花白、菜花黄……大片大片的阳光撒了欢儿地翻滚着，在地上铺了长长的绒毯，不用担心被谁挡着，被谁踩着。它调皮地跳到人们的发梢，再藏到耳后，直到钻进裤脚，挠得人浑身痒痒，不得不笑着甩了外套。

可是，这还不够。苏北乡下的春天，仅用眼睛和鼻子感受绝对不够，还得用耳朵听。听着听着你就会发现，原来春天是多么的美妙。

结束了紧锣密鼓的一天，我更愿意沿着大道往回走。漫步在暮色里，我喜欢看那一排排水杉树，偶尔托举起一两个鸟窝，即可站成永恒的剪影；我还喜欢看夕阳渐渐红成大大的气球，悬挂在对面两座高楼之间，然后趁你一不留神，倏然隐没，只留下漫天霞光染红西天。这个时候，新区是安静的，极少有车辆呼啸，白日里隆隆的机器轰鸣声也都销声匿迹。

对，就是这样的静。除了路边农田里偶尔传来农人收拾工具的呼唤声，整个天地仿佛只剩下你一人。这个时候，是不是可以听一听轻音乐，或者听一段喜爱的电子书？

不用了。只需微微眯上眼，你会突然发现，原来是有着微风的。这柔和的晚风仿佛不经意间就拨动了你的心弦。不是吗？你听，路边像一片粉云飘浮在半空的红叶李花是不是在簌簌地落？紧走几步，站在树下，闭上眼。哦，听到了吗？一片花瓣笑着，然后轻轻落在你的肩上。其他的花和叶笑得整棵树都晃动起来了——它们听到了什么？

嘘，别动！“咯——咯——”左侧农田里传来几声断续的鸣叫，有些沙哑，有些急切。路灯下的你也许正在纳闷，右侧更远处便传来了“咯咯——咯——咯咯——”的回应。两种声音此起彼伏，忽远忽近，忽高忽低，再细细倾听，哦，是谈着恋爱的锦雉呢。

没有早自习的清晨，如果愿意，将一切烦恼暂时搁浅，跑上一段吧。那个时候，晨起的鸟儿们正在林间忙着梳妆。经过一夜的休整，它们兴奋得如久别重逢的老友，叽叽喳喳地闹着，从这根枝条蹦跳到那根枝条，或者追逐着飞到另一根高枝上。

或者，随便停在哪块麦田旁，蹲下身，侧目凝神。晨光中的麦浪在微风中正俯仰着做着晨操。那一弯腰一挺身，你听到了它们拔节的声音了吗？还有，田头零星的婆婆纳，正睁着蓝色的小眼睛盯着你呢。请忽略自己的呼吸声，不知道你有没有听到它眨眼的声音？我可是听到了一只小青虫偷吃青菜叶的咀嚼声了——我仿佛看到了躲在叶片背面的那个小家伙，正探着脑袋弓着细细的绿身子。

就这样漫无目的地走一走，听一听吧。走着走着，天地间便静得只剩下这浩荡的春风和无边的春色了。这时，你的耳边会不会突然传来孩子们放飞纸鸢的笑声，还有遥远的歌声："当初的我是那么快乐，虽然只有一把破木吉他，在街上，在桥下，在田野中，唱着那无人问津的歌谣……"

沉醉在这清清爽爽的乡野春色中，身心俱净，天籁悄然而至。

夜色多么好

夜，是梦的情人。

更喜欢夜幕下的东台城。这座古老却无比年轻的城市，白日里艳光四射，夜晚同样风情万种。有时，她是高贵的名媛，随意着一肩流光溢彩，披一头翠珠华盖，在璀璨中轻歌曼舞；有时，她又是清丽脱俗的水乡少女，明眸皓齿，鲜妍明媚，席一身霓裳碧纱，撑一杆乌篷小船俏生生地来到你面前；有时，她沉寂在人群中，静静地微笑。

一

夏夜是一场光与影的盛宴，有蛐蛐儿在演奏。一轮硕大的圆月，像淡黄的灯笼，将夜空挂成了一幅剪影。

这个时候，更应该去户外走一走，体育场便是极好的去处。先生起初并不愿意，一来离市区偏远了些，二来，虽说曾经都是运动场上的健将，可毕竟岁月不饶人，如今两人五花膘遍布全身，实在羞于气喘吁吁。

走走看呗，且当重温那年那月。

穿过长长的路，越过一拨一拨的广场舞人群，看到了隐约的灯光。广场边早已泊满了大大小小的车，远处有喝彩声传来。踏上跑道加入晚跑的队伍，慢慢地走。原来，东边的篮球场上正热闹。灯光暗得很，却阻挡不住青春的光芒。抢攻、防守、突围、起跳，扣篮，一气呵成，顿时爆发阵阵掌声。

北边的迎宾馆一直璀璨着，正衬托了这里的僻静。也许是远离了喧嚣，也许是濡湿的脖颈感受到夜风的微凉，竟然来了兴致，快走起来。前方是一对好朋友吧？正边跑边轻声谈笑着。咦，再前边的几位大妈没有去跳广场舞，竟也跑得雄赳赳气昂昂？还没看清，“呼啦——”几个小伙子已擦肩而过。在跑道内圈的是几个年轻的姑娘，短裤或是短裙，耳朵里塞着耳机，一边跑一边哼唱着，不见丝毫的吃力。

来一圈奔跑吧。笑笑，起步，青春的感觉倏然而至，每一个细胞都跳跃起来。跑道中间有年轻的爸爸妈妈正和小儿遛球，体育场另一侧飘来了熟悉的旋律。那些九十年代的经典老歌，是生涩的歌声，是孩子气的呐喊，是羞怯的哼唱……露天的演唱会，掌声绵绵。

从来没发现，夜色中的体育场是如此亲切。

二

小城的夜总是在欢笑。没有大都市惯常的拥挤和灯红酒绿，也不是小集镇的寡淡。随便走一走，不显山不露水，总该抱回一个大大的惊喜。

想小资一下？想嬉皮一次？或是屌丝一回？走吧！

去向阳桥边、百盛路边的小夜市溜达下吧。小小的地摊，是年轻人的练兵场。眨一眨眼，也许你会发现，原来摊主就是白天端坐在那里的白领呢。

顺着大道向北，看那高耸着的霓虹广告牌。对了，对了！德润广场呢，灯火辉煌处，又是一个白昼。吃喝玩唱看购，没有做不到，只有想不到！

拐个弯，你见到了什么？白日里安静的市民广场此刻又是另一番景象。喷泉高起来了，水幕电影还是猫和老鼠在追吗？那中国风的城市博物馆是不是更加动人？一溜儿的小玩偶前应该站了好些个黏着父母的小童吧？那边？一对对地跳着国标呢。呵呵，小苹果也扭起来了。黑压压的一大群，不光是大妈哦。瞧！有俊俏的小媳妇，还有几个老大爷呢。

哎呀，你要顺着大道继续向东？那咱走吧。看到了吗？那是什么？告诉你，一路儿赛车呀，骑着单车的小伙儿、姑娘们全副武装来了，他们每天都要经过这呢。告诉你，如果你愿意顺着路再南拐，准会看到一个小伙儿一直把同行的几个姑娘护送回家呢。

三

闹中取静也是可以的。

若是愿意，夜色中的西溪古镇和宋城一直在静静守候呢。最好选一个薄雾的夜晚。

乳白色的暮霭中，站在古城墙上，听一听古刹里的梵音，看一眼千年的古塔，唱一曲凄婉的《天仙配》，再闭上双眸，想一回古老的盐马道，历史的气息就这样扑面而来，心便再也浮躁不得。

或者，顺着护城河散步。两岸的垂柳，从春到夏一直绿着，和倒映着霓虹的碧水恋爱着，和不语的小桥凝视着。一家子，三两知心，甚或一个人也是可以的，不必担心安全，小城的夜从来都是温情脉脉。

华灯初上，最喜欢独自漫步在河畔的木栈桥上。踩着融融的月色，踏上结实的横木，走走停停，任晚风拂过面颊。没有丝毫的落寂，也不再忧心白天的烦恼，想走就走，想停就停，随便哼一曲，便可以轻盈心情。身后的大厦灯火辉煌着，对面的人家，窗户里透出温柔的光。一边张扬着，一边沉静着，我站在中间，竟然也是这般地和谐。一时高兴了，便蹲下身，倾听。小鱼儿吧唧吧唧地，一会儿浮上水面，一会儿没入水底，月光便揉碎在水草中，它们是在和月光游戏呢，这些可爱的家伙！

兴尽，折身上路。小路尽头，似有小小的红色在闪烁，一会儿明，一会儿暗。原来是吸着烟看月的陌生人。

夜色多么好，只有晚风轻轻吹……

第二辑　四季沐歌

春天里

几场淅沥的雨过后，还没来得及褪去薄袄，一转身，春天就真的来了。难得好友相邀，在一个晴好的周末，我们走进春天。

最是喜欢无垠的旷野。田地颇不平整，慢慢前行，深呼吸——暖风吹来阵阵花香，和着青草味的泥土的气息。远处，有妇人在田头点种，几个穿着薄衫的汉子正在浇灌新苗。

“咔嚓——”小丫头们兴致盎然地拉着一起拍春天。想什么呢？看蓝天如洗，白云悠悠，湖水清清，还有这柳绿桃红，多美的春，谁说不是呢？蹲下身来，细数儿时的野菜，这是灰灰菜、娃娃头，这是车前子、刺蒲艾，那一大片星星点点的蓝花是猪们的美餐，我们叫它婆婆纳……丫头们睁大眼睛，分明在问：你怎么知道这么多野草的名儿？笑笑，不作答，带她们一起拔。她们无法体会已经远去的辛苦，那就让她们快乐吧——儿时的我，挎着小篮子满地里撒野，不也是这么开心吗？

又沿着破陋的小巷前行。这是二十年前来过的小村，昔日的春水不复，只斑驳着绿色的青苔，倒是两岸的老屋没有多大变化。豆蔻年华，那时，我们野炊，借农家的锅碗瓢盆包饺子。还记得咋咋呼呼的萍，一边在锅里翻弄着韭菜，一边嚷着："炒韭菜要洒水……"那些鲜嫩的青韭就惨成了水煮菜，我们却乐得直呼痛快。

路，竟记不太熟了——找了好一会儿才寻着了"八字桥"。瘦瘦的青砖桥身已然苍老，桥头杂乱的碎石砖块间还是冒出了不少绿意。桥头立着一块"文物"字样的牌子——它们互依互傍，走过了这许多年，终究迎来了第二春！稍远处站着，看见跨水的桥身有模糊的字，拿相机拉近，还是不能确定。于是攀住一位老伯问了才得知，原来叫"广济桥"。健谈的老人把我们当成了观光的游客，热情地陪我向前，河岸的一处处破败的老屋，不少已在拆毁中。剩下的也没有丝毫慌张，墙体锈损的红砖，屋顶错乱横卧的青色小瓦，屋前零乱的几点金色菜花和门楣内的蓝布衣，一切都是那样静悄悄。在这宁静的春日，它们丝毫不辜负生命的力量。

远处，有风筝在飞，蹦跳的孩子、年轻的父母，还有踏青的老人，微露绿意的草坡上，有帐篷和躺着的少年。耳边，飘来隐约的歌声："如果有一天，我老无所依，请把我留在，在那时光里……"

转身，迎着春风，对着好友和孩子，我轻笑。

春深处

草木蓊郁，是春深了。

梅花、桃花、梨花、杏花、玉兰花、樱花、紫荆、海棠……白的、粉的、红的、鹅黄的、紫的，满天彩霞一般，你方唱罢我登场。

接下来会是杜鹃、紫薇了吧？

看久了这围墙内外的娇俏，便不禁回想起那些乡野间的菜花们。那是一种怎样的磅礴气势啊！一团团，一片片，好似顽皮的稚子提了那一柄大的拖把，粘了饱饱的黄色，这边一拉，那边一甩，最后索性连桶都给踹翻了——天底下，到处是灿灿的黄，明晃晃的，看得眼睛也分外亮起来了。

清明后，办公室里唠嗑，唏嘘如今乡下的菜花也日渐稀少。那门前、田头、沟边，甚或大片绿油油的麦苗间长长的一条丝带一般的黄，美则美矣，总是少了点儿痛快淋漓。都说，哎哎，咱去婺源啊，或者邻近的兴化吧，那里有海一样的菜花呢。

我摇摇头："不妥不妥，老人、孩子，太多的牵挂。"

要不，这个周末去我家。同事涯慢声细语，桥下的菜田一溜溜儿的，壮观得很呢。放自己半天假吧，再过些日子，花事就过了。

于是，呼啦啦，姐妹七八人，抛开那一位和孩子，孩童似的涌向涯的家。才上桥，那铺天盖地的菜花就扑入眼帘。驻足远眺，那沿河的菜花似金黄的缎子，手拉着手，你不高我，我也不矮你，平平整整地铺在河岸。偶尔一阵风来，她们也只是微微点一点头，丝毫不招摇，不张扬，蓝天丽日下，一派安静的小儿女模样。深吸一口气，嗯，淡淡的花香在空气中流动呢。

我有点儿迫不及待了。过了桥就右转下坡，不远处，涯和她的老公早早迎在屋前的菜花地前，敦厚地笑着。哦，有人等着是件多么幸福的事。目送和被目送的时候多了，就忘记曾经的相遇了。

支好车，我们就围着小别墅转。这是花坛，那是小菜园子，一块儿是葱蒜和香菜，一块儿有芹菜娃娃头。那边的蓬勃的油菜花看来没有细心打理，倒有点儿疏影横斜的姿态了。

哦哦，周末也辛劳啊。我们叽叽喳喳吵着。呵呵，是个乐子，整整园子，既舒活筋骨，又赚得纯天然食品呢。看着涯夫妇俩安详平和的笑，我的心弦似乎被一根看不见的手指拨了一下又一下。

忽然就想起自己曾经写过的几句"不在云端 / 不在涧底 / 我有一块地 / 从此 / 幸福便如影随形"。站在小城，总是徘徊于乡野和城市的边缘，一边是姹紫嫣红争春，一边是小桥流水闲步。只是，一个早已走进，一个仍在张望。

早到的王大姐早早和涯准备了饺子皮和馅儿。姐妹们纷纷展露手艺，一会儿，满满一桌，香气诱人。吃着闹着，仍然离不开菜花。于是，嘴里嚼着，扔下筷子就呼啦啦出了门。闹菜花去！屋后满满的菜花田。成片的菜花蜿蜒着伸向远方，沐浴着斜阳，好一派田园诗情！田间有小路，还有裸露的涵洞。来一回“分花拂柳”吧。嘻嘻哈哈钻进菜花丛中，举着相机乱按。瞧，那是差点儿被花枝绊倒的梅，那是藏身花海拥抱蓝天的丽，这是满头满脸都嵌上花瓣的平，还有蹑手蹑脚追蜂子的华……田头的农人也不恼，笑道：“拍菜花啊？你们来得巧，再过几天结了荚就不好看啦。”

闹着笑着，又回到餐桌。说儿时砍菜花的“壮举”，聊被老太太拿着竹棒追赶的看菜花的两个大学生……

日暮了，我们告别涯，悠悠地行在郊外的路上，西天是酡红的霞，身后是汪洋恣肆的黄。晚风轻轻吹起，唇齿间、眉眼处、鼻尖，满满的是菜花的香，和着青草、蚕豆、豌豆的气息，不知不觉，心也醉了。

偷得浮生半日闲，只因已是春深处。

春风十里，不如你

正是早春，乍暖还寒。一日，听得友人传讯：“西溪的梅花开了！”于是拔脚就走。

“万花敢向雪中出，一树独先天下春。”一路上，虽然除了常绿的乔木，满眼枯枝败叶，但心却是雀跃着的，因为有梅花了呢。

自古以来，作为传春报喜、吉庆的象征，一直被视为吉祥之物。这当然是因为梅有“元亨利贞”四德，还因为梅开五瓣，象征五福——快乐、幸福、长寿、顺利与和平。

然而，“东风第一枝”，这花中魁首传颂千年不衰，还在于她冰肤玉骨、高洁坚贞的气节。作为二十四番花信之首的梅，与兰花、竹子、菊花一起列为“四君子”，也与松树、竹子一起被称为“岁寒三友”，更聚集了志士仁人、文人骚客的万千宠爱。王冕自称“梅花屋主”，林逋以梅为妻，陆游笑言“一树梅花一放翁”，甚至还出了唐明皇的梅妃……他们或以梅花自喻，或以梅花自娱，梅花诗、梅花文赋、梅花曲——写梅画梅，借梅言志，梅花是他们的精神寄托，又成了人们心目中理想人格的化身。

然而今天，这还未谋面的梅花，你在我眼里会是怎样的模样？

也许连日多风，春寒料峭，园内并没有多少游人。我骑着单车沿着水泥路悠悠地行。春风早就吹了，可草还未显露绿意，懒洋洋地躺着。路两边的那些叫不上名儿的花树，光秃秃的枝丫直刺天空，似乎在比着赛迎接阳光雨露，好争来一个花团锦簇。天也恹恹着，蓝灰蓝灰的，一切都提不起精神。哪来的梅花，莫不是诓我吧？

兴味索然地绕湖慢慢骑行。忽然眼前一亮，一簇红色跳入眼中。是梅花吗？在苍苍的芦苇丛边，会有梅花跑到那边去吗？睁大眼再向前寻，哪里还有？眼花了吧。这样想着，便提不起兴致，索性下车散起步来。难得清闲的假日里，在静静的湖边走一走，哪怕没有绿树，没有花香，也是极好的。

可是，这下却嗅到了香，微微的甜，清清的，似有若无，依稀还听得笑声。哪里呢？循着花香笑语，我来了精神。是了，那边。稍稍隆起的土坡上，隐隐一片白色。“若无香风吹，疑是白云绕。”近前，是白色的梅花，花还未盛。凑上前看，光滑的枝条有的青绿，有的浅红，和印象中枯褐色的虬枝截然不同。枝条上密密地坠着花骨朵，有几朵调皮的已俏立枝头，有单瓣，也有重瓣的，摸上去柔柔的，软软的。站在树下，立即薰得一身香。

朝前看，还有粉色和红色的花。稀疏的树影间，几个年轻的女孩叽叽喳喳地抓拍着，不时停下来追逐着打闹。看来没有雪也并没有妨碍她们寻梅。不知怎的，眼前突然闪出了几张面孔：红梅、家梅、小梅。她们有着迥异的个性，不同的追求，却同样积极的人生。她们，有着梅的名字，也有着梅一样的品性，各自清香着自己，也清香了别人。

感谢友人相告。站在梅花丛中，我也举起了相机，将这还不算盛大的花事定格。因为，春风十里，不如你入我心。

清明，莫忘归

忽然之间，已经是草长莺飞，四月说来就来，寒意也在一夜之间消逝得无影无踪。

照例，清明节是要回乡下的。祭祖，永远是春节过后父母的完美借口。其实，逝者已矣，在风中，在雨中，默默地念想，他们并不在乎这样的繁文缛节。倒是面对健在的双亲，心有戚戚焉——曾几何时，并没有足够的理由，却总是怀揣归家的愿望，双脚仍马不停蹄地奔向未知的明天。

乡间的小路依然弯弯曲曲，却挡不住春天俏丽烂漫的脚步。走过一条条田垄，虔诚地设下桌案，焚香、插上招魂幡，一切停当后，环顾四野，心中没有伤痛，倒是隐隐的欣慰：我的已经故去的亲人，你看，你的亲人在想念你！你看，你的田野拥抱着你！你再也不必煎心日日，再也无须忧心年年！

信步向田野深处行进。忽然回首，才发现身前身后，田间，小沟边，高地，洼地，到处蜿蜒着黄灿灿的油菜花。铺天盖地的菜花金黄金黄的，团团的花朵撒了欢地闹腾，开得兴致盎然，热烈而澎湃。

还有那漫山遍野的绿，似乎要滴下些许绿色才酣畅。逼得人两眼也绿了的是大片大片的麦苗。让人顿生爱怜的是豌豆、蚕豆们。一阵风吹来，麦浪翻滚中，菜花飘香中，有农人在笑。停住脚步，不由得思念起遥远的东晋那南山背后的老叟。他是不是仍以一种遥远的姿势立在新锄的豆苗间，远望青青田野，悠然而笑？

河岸边氤氲着的绿，正在抽枝吐叶的杨柳。这不是新柳，远远望去，已经似烟似雾。忽地想起了“柳烟堆砌”，想起了不羁的柳永。当年的瘦西湖畔，垂柳青青，晓风依依，多少佳话似流水！千百年之后，杨柳岸边，还会有几弯残月辉映春水，还会有几多红颜洒泪墓前？

这个傍晚没有夕阳，雾霭缠绕了思绪。这个时候，乡野的风也是湿润的，散漫的。泥土的气息混合着花香和麦苗的青涩，在炊烟中袅袅着。小院内女儿的笑声银铃样清脆。她正在我父母沧桑的年轮里，替我，替先生悄悄抹平他们纵横满脸的沟壑……

“况是清明好天气，不妨游衍莫忘归。”是的，不要总是等到穿过浮华和喧嚣，洗净铅华之后才猛然想起把心放下，不要总是等到某个特殊的日子，才猛然想起多年之前翘首企盼的亲人。

三月里来捋香椿

当春风猫着腰在我们身边晃荡时，我的乡亲们便会挎上小竹篮，田间地头、沟沟坎坎，个把钟头，便可挑回满篮肥嫩的野菜。等到荠菜装饰了农家的餐桌，变幻成春卷、水饺馅儿，香味飘满大街小巷时，我的一颗吃货心也禁不住蠢蠢欲动起来，飞向高墙之外，飞向无边旷野，飞向河边沟头。

我要寻一捧香椿叶。

不记得什么时候喜欢上吃香椿叶的。记忆中，爸爸每年都会早早地捋下紫红色的嫩香椿叶，把它们切成碎末儿，然后腌制起来装进罐头瓶。

早晨喝粥时，爸爸总要挑上几筷子。看着他吃一口咂咂嘴陶醉的模样，我总要忍不住咽几下口水。可妈妈从来不吃，说有一股子怪味儿。我凑到瓶口闻闻，果真和我们吃的萝卜干咸菜大不一样，便也不敢尝试。

我们这边似是很少见香椿。臭椿倒是随处生根，远远便能嗅得到它的异味，很惹人生厌。我家门前的小河边却长了一溜儿香椿树。爸爸说，这多亏他当年退伍时从山东带回家的两棵小香椿苗。可不知什么原因，我的邻居们从不来小河边采摘香椿叶。

香椿树很是泼辣。每年春天，树根边便会爆出一簇簇幼苗，几场春雨过后便蹭蹭蹭直往上冒，一眨眼，树冠就蓬蓬勃勃起来。可惜它们再招摇也少有人问津，爸爸只得拔了扔掉，最后只留下已经长得很粗壮的三棵。

等上了学，书渐渐读多了，便了解到香椿的诸多妙处。原来，香椿被称为“树上蔬菜”，是香椿树的嫩芽。每年春季谷雨前后，采下香椿的嫩芽，炒鸡蛋、炒竹笋、凉拌、腌香椿……作为吃货达人，苏轼还曾为它赋诗：“岂如吾蜀富冬蔬，霜叶露芽寒更。”于是，我的早餐碗中便常常都撒满细碎的香椿叶，和着黏稠的玉米粥一起下肚，果真是回味无穷呢。

后来工作离家远了，便不能常吃到香椿，也并没有什么感觉。倒是爸爸偶尔会捎来一小罐腌制好的香椿叶。先生和女儿不喜，我便乐得一人独享。近几年，爸爸的腿脚越来越不灵便，香椿树也实在太高大了，便不再腌制。我便也渐渐淡忘了它。

前年夏天，一个朋友从淮安回来，神神秘秘地给我一盒土特产。打开一看，竟然是已经脱水的香椿。只是那叶子委实太大，茎条也实在太粗，吃起来全然没有了那种嫩滑爽口的感觉。

不过，倒是勾起了我的馋虫。我抱着试试看的心理跑到菜市场，最后在一个角落里，竟然真的看到了几小捆用橡皮筋绑着的嫩叶，放在脸盆里销售。

我兴冲冲地买回一小把，洗净放入沸水中焯，然后切成几厘米的小段儿，撒入细盐，淋上酱油，滴几滴香油，一盘香喷喷的翡翠便成了当天餐桌上的稀客。也许换了个模样，这一次的香椿很快便被一扫而空，先生和女儿连声赞好。我趁机给他们科普：“早在汉唐时期，食用香椿就曾与荔枝一起作为南北两大贡品，深受皇帝和宫廷贵人喜爱呢。”

去年春天逛超市的时候，竟然也发现了一捆捆香椿头，只是看它们的色相，已似不够新鲜。于是便想起让爸爸给我留两棵香椿苗。谁想，通电话后没几天，爸爸竟然乘车过来，不仅带来几棵幼苗，还将刚腌制的两小瓶香椿带来了。

爸爸很高兴，说，本打算把那三棵成材的香椿树给砍了，反正也没旁人吃。可是，去年年底，邻村的几个人找到他要香椿苗，说患了一种什么病，医生让春季多吃香椿头。他兴奋地说：“这不，我选了最好的几棵给你，这里长两棵，老家再长两棵，还有的就送给邻居们吧，这是好东西呢。”

我乐滋滋地将它们一一安置妥当，可是不知是因为土质不好还是别的原因，它们的叶子似乎没有那么香浓，于是便由着它们自由生长。倒是后来去西溪植物园溜达时，在一个偏僻的小渠边看到了一棵瘦瘦的香椿苗长在石板边。它是那么瘦小，只几片嫩红的叶在春风中瑟瑟着，便没有忍心采摘。

也许爸爸感应到了我的渴望，有一天竟然托人给我捎来了一小捆。看着那熟悉的颜色，我忍不住鼻头发酸，闭上眼使劲地嗅。因为，那是爸爸的味道。

又是三月。窗外，春风浩荡，花香满天。我却嗅到了一股独特的香味。

我的心，忍不住雀跃起来。香椿，我来了！

五月槐香

五月，阳光日渐强烈，刺得眼睛眯成了缝。前些日子轰轰烈烈的花事似乎也怕了这逼人的热情，悄悄隐退了。

想来一次浅浅的邂逅。戴上墨镜出门，且行且看，却发现那些铺天盖地、娇俏如婷婷待嫁新娘的花树，早已不再浓艳。铃铛似的玉兰、绚烂的樱花、妖艳的紫荆、矜持的海棠……一树树都撑起了如盖的绿荫，浓绿中偶尔闪过三两点残红，倒也别有一番风情。

也许是没赶上那一趟荼蘼，心有不甘的杜鹃铺满了两边的行道，红得没心没肺；紫薇也开始搔首弄姿起来；就连不修边幅的泡桐也忍不住擎了紫色的喇叭，朝天空猛吹起来。这些执着的“女子”才不管这明丽的晴空是否需要这份倔强的爱恋，兀自灿烂，和骄阳唱，共暖风舞。

得避开这团热情。这样想着，便转向僻静的小路。小道早已失修，斑驳着各色的痕迹。道旁是一条清浅的小河，水中波光粼粼，水边垂柳依依，还散散拉拉着几丛破损了的竹栅栏，间或有一两只麻鸭嘎嘎地扑腾出点点水花。一切都静静的，虽和对岸熙熙攘攘的商业街毗邻，也并无甚不妥，反觉出一种久远的古朴和清逸。

看着水面，我呆呆地出神。忽然，一股香气随风钻入鼻内。张眼四顾，满眼尽是郁郁葱葱的绿。什么花？哦——甜甜的，清清的，不是桂花的那种甜腻，又不同于玫瑰的馥郁，似曾相识，却浑然忆不起了。不知不觉循着香味向前。哦，哦，是一棵小小的洋槐！

洋槐浑身是宝。它木材坚硬，耐腐蚀，燃烧缓慢，热值高且防风固土、适应强，是重要的速生用材树种；叶含粗蛋白，可做饲料；花是优良的蜜源植物，种子榨油供做肥皂及油漆原料。之所以称呼它洋槐，是因为它是漂洋过海从北美洲来到的亚洲。我国的黄河和长江中下游地区尤其适宜洋槐生长。但自小到大，即使在乡下，我也未曾见到成片的洋槐树。它们只零星地在人家的房前屋后或河边沟渠旁不起眼地立着。等到成材了，大人们便很自然地砍下它，做成家具或农具。而在它老根的四周或更远处，第二年总能轻易地发现新冒出的几株洋槐幼苗。

老家门前小河边就长着这样一棵洋槐，也许是夹杂在一些苦楝树之间，妈妈总叫它楝刺槐。小时候，乡下很少看得见各色艳丽的花，每到春天，尤其是四五月间，这些到处扎根的树便会大大地满足我们的小女儿心愿。你瞧！那蓝天白云下，那清凌凌的小河边，一树绿白相映的洋槐在春风中簌簌抖动浑身的绿。那一片片可爱的椭圆形叶片也成了我们的玩具。小伙伴们捋下它们来，挑两片放在唇间，立即就有清脆的乐声流淌出来。还有，再看啊，那一串串小袜子似的白槐花，晶莹剔透，似玉雕，似凝脂。凑上前去，啊——简直香到了骨子里，还甜丝丝的，便忍不住一把扯下来往嘴里塞。嫩嫩的、还没盛开的槐花骨朵最美味，往往成了我们的争夺对象，也闹出不少的纠葛。可惜槐花花期不长，十天半月后再没有槐花可吃时，我们便又和好如初了。然后我们便又变着花样玩。最喜欢的是摘下槐叶和蔫了的花，坐在河沿上，想象着自己是仙女下凡，做散花状，将它们撒向河面。不一会儿，便会有无数小鱼儿吧唧吧唧着浮上水面追逐。我们便喜得闭了嘴，一动不动地看那些小家伙寻食。

后来渐渐长大，才知道原来洋槐花还有更多的吃法：槐花蜜、槐花酱、槐花糕、槐花饭……想想嘴里就会生津呢。可惜，洋槐在我们这里并没有得到乡亲们的垂爱。即便是我们，也只是看着它从春到夏，从秋到冬，一直默默地站在我的家乡，直至站成一幅水墨画的剪影，留在记忆深处，不经意间才被翻晒出，才觉出这满怀的悠悠槐香。

而即便如此，这质朴的树也不闹不恼不悲不卑，兀自站成一道清丽的风景——轻风徐来，我自芳香。

乡野夏趣

站在盛夏的日子里极目乡野，思绪就不觉游走，记忆便会悄悄拉长。

一

此时的乡村正是野草飚劲的时刻，只消一夜骤雨的浇灌，田头、小道、沟渠边……杂草发了疯地窜。每当这个时候，懂事的农家孩子就会特别留神自家的院里院外，常常携了短柄的割刀毫不客气地收拾那些不速之客。

每年暑假，幼时的我总会随着母亲去田头忆苦思甜。虽然热浪滚滚，蝉鸣阵阵，汗水迷眼，但现在想来并不觉得多么难受，反而别有一番滋味。最深刻的记忆便是，每当中午的广播声一响起，我便拖了母亲往家跑。到院子里，捧起早在井里冰镇过的半个西瓜，不管红瓤黑籽一股脑地啃。然后母亲提一桶井水，先舀一瓢水轻洒，清凉的水慢慢顺着脖子往下滑落，流过背脊、腿再到脚跟，直觉得浑身每个毛孔有说不出的酣畅淋漓！那种幸福绝不是现在躺在空调间里看国际泳联世界锦标赛所能比拟的。

二

暴雨后的夏日乡村最迷人。

天微微亮，房前屋后的鸟们便啾啾地和鸣起来。叽叽——叽咕叽，唧唧——是那只灰身白头的信天翁吗？还是偷尝鲜桃的雀？这些不知名的鸟儿，叫声是如此婉转清亮，而且高低有致，似乎有谁在打着节拍，煞是悠扬。然后，你便一骨碌起了身，迎接你的必然是满目的惊喜。

看门前是不是铺满了绿？浅绿、碧绿、墨绿，氤氲着淡淡的水汽。雨后被刷洗得碧蓝的天空，整片的秧苗，明晃晃的水田，偶尔一两只素羽、铁喙青足的白鹭站着钓鱼——水月镜画啊，真真是梦里水乡，看得人心微微地疼呢。

闭上眼深呼吸，童年的一幕幕就如这碧水绿苗，满满地溢在心间，银铃般的笑声穿透耳膜。那是光着脚丫在水田间嬉闹的孩童。穿梭在插秧的农人间，你抛我一扎秧苗，我扔你一脸泥巴，鸭子似的嘎嘎地追着，才不管那肥黑的淤泥从这个脚丫间冒到另一个脚丫里，也不惧那偷偷黏上小腿的吸血蚂蟥。闹够了，几个半大的小子便领着一帮跟班跳到田边的小河，或摸鱼捉虾，或打水仗，扑腾起一片喧哗。不会游泳的姑娘弯腰在水边摸螺蛳，再有不愿意下水的则寻一片浅浅的芦苇丛，先挖一团红红的蚯蚓，然后撒了糠麸，气定神闲地蹲着，单等那不知死活的馋鱼上钩。记得那年月，我也钓上一尾银白色的约莫一寸来长的小鱼儿，可是不知怎的，提竿却甩到了身后的水田里。那条小鱼不知在哪棵秧苗后撒着欢儿偷着乐，至今都没找着。

三

最可爱的是夕阳将落未落之时，暑气渐渐退去，大人们仍在田里劳作，我早早备好晚饭和洗澡水，搬一张小杌凳坐到桥头的喇叭下，听广播里的包青天、杨门女将……随着动人的情节，小小的脑袋里便盛满了感动。

有时，广播剧还没开始，就喜欢盯着对岸一户小院痴痴地看。那院前有一株高大的合欢树，花开得正艳。树上、草间，一片一片，像一把把小小的羽扇，浅浅的红，粉粉的白，看得心也柔软起来。

…… ……

此刻，乡间正是蛙鸣声声，清风朗月。蜗居小城一角，我寸步难行，唯有神游乡野，重温童年。

小村夏日

小村临水。一条东西向的长河将它分割成两排农庄，一条南北向的长河让它与邻村隔水相望。

两条河像父亲和母亲一样把小村拥在臂弯内，滋润着村里的沟沟坎坎，田头地角。乡亲们也深知其脾性，每到夏天，岸边水里便总是不得停歇。玩水的，泡澡的，打鱼的，摸螺蛳寻河蚌的……不管如何扑腾，水总是清凌凌的，叫人不忍辜负。

只有到了傍晚，待闹够的孩童们三三两两被母亲的大嗓门儿唤回家，两条河才会稍稍喘口气。不过也就一个小时左右，便会有几个女人麻利地拎了水从桥底冒了出来，将一桶桶水往桥面上泼。看着水泥桥面“滋滋”响着，冒起一阵白烟，女人们跑得更起劲儿了，不一会儿，桥面便湿淋淋的。

等到晚饭时分，桥上便渐渐热闹起来。早早吃好的老人们搬了小凳子已坐在桥上拉起了家常。男人女人们则捧着大海碗聚集在桥头，或蹲或站。偶尔爆发出一阵大笑，便会有女人丢了碗起身追着一个男人跑，非得拧得他哇哇大叫，激起满河的笑浪。

那时的乡下虽然已经有了风扇电视，可电大爷很会耍脾气，加之电费对乡亲们来说也是一笔不小的开支，所以大多数人家还是愿意在外面乘凉。

尽管如此，夜晚却是不难熬的。孩子还小的人家并不来桥上乘凉，只是卸下两扇门，往院子里的大楝树下一支，便成了床。数着天上的星星，看着提着灯笼的萤火虫飞来飞去，听着大人们不知哪里冒出来的神奇故事，在妈妈或奶奶的蒲扇声中，孩子们渐渐入睡。这个时候，父母会把洗得干干净净的被面轻轻遮住孩子的腹部，然后也沉沉睡去。待第二天一觉醒来，发现大门依然在门框上，自己好端端地躺在床上，孩子们会很奇怪，难道半夜里自己又梦游了？

尽管自家的竹席早早铺好在桥上，半大的小子和姑娘们还是闲不住，他们会把早早晒干的蒲棒点燃，一手举着一根来小桥集中。起先，他们还忌惮着已经洗得香喷喷的身子会不小心弄脏，很斯文地在桥头说笑、打闹、捉萤火虫。可不到一袋烟的工夫，大人们便会发觉，那帮小子丫头已经没了踪影。再一细听，那边的稻田“呱呱”的蛙鸣声中夹杂着破竹子一般的笑声。“不晓得死哪去疯了，看回来不打折他的腿！”大人们咬牙切齿地骂着，但多半只是个空话。等他们看到孩子时，一准儿还是干干净净的——疯够了，就着桥下的河水里洗一洗，不要太凉快哟！

村里有电视的一户人家正好靠着水泥桥。《射雕英雄传》正播放时，他家房间里总会挤满了人。没挤进去的小子姑娘们眼红得不行，便会悄悄到他家门前猛地一推大门，或者往窗户上扔个土块，再不然就在门前故意吵闹，待有人开门责骂时便撒腿就跑。后来，主人索性把电视机搬到了院子里，开足了音量，即使躺在桥上也能听到。有时候停电了，看电视的人也不着急散去，就在门前扯着家常，单等再次来电。哪怕最后等来的只剩下一两句片尾曲，人们也会心满意足地叹口气，然后在竹席上躺下。枕着桥下的潺潺流水，听着远处的蛙鸣，大伙儿似乎睡觉也更踏实了。

睡梦中，偶尔有人会拍打一下身体的某处，嘟哝着“讨厌的蚊子”，然后继续沉睡。可是，年轻人无拘无束惯了，睡觉也会不老实。等到桥上乘凉的人都呼呼沉入梦乡后，有时会突然听到“扑通”一声，准是哪个小伙儿翻身动作太大落到河里了。河水不是很浅，落水的青年迷迷糊糊中总会惊慌失措，不停地在水里扑腾。被惊醒的男人们中总会有人跳下去把他捞上岸来。经过这一番折腾，小伙子只得乖乖回家。

可到第二天晚上，他仍旧出现在桥上。大伙儿笑着打趣，他也不恼，拿手指刮自己鼻子羞同伴：“哈哈，那天被我捞上来的是谁？还一直大喊救命来着？”

于是，一桥的人便哈哈大笑起来。清朗的笑声夹着清凉的河风，应和着远近高低起伏的蛙鸣，在河面弥散开去……

遇见一棵树

起初并不知道它。

某一天，忽然看到小区行道两边新栽了树苗。看那模样，瘦瘦弱弱的，顶端挑了几簇羽状的叶子，还生得那么晚，哪比得上那片浓荫的香樟呢？每日里从它身边走过，并不去注目。

不知怎的，偶然经过了一个林荫道，竟讶异得驻足。眼前突兀地现出了一排树，是擎了一嘟噜红艳艳的花的树。十月的深秋里，夏日里千手观音似的吹着紫色大喇叭的泡桐早早就卸了妆；女贞和香樟虽然还绿着，却少了点儿色彩；桂花树娇俏着，可惜总是小女儿般地娇羞在房前屋后，只送来或浓或淡的香，撩得人心痒痒，偏轻易寻她不着。那是什么树啊？我逢人便问，对方只笑笑，却不回答。其实，他也不知道呢。于是也便罢了，不久就淡了，忘了。

有些缘分是说不清的。去新单位，每日里总要经过那条小道，也便和它们有了相遇，有了一种亲切。虽然我早已淡忘了那排树，以为总不过就是樟树的亲戚而已。

开学不久，经过树下，偶尔伴着秋风，会有一两串小小的黄色花瓣从树上跌落肩头。抬头看看已经浓密的树冠，不知什么时候，叶间竟然藏了稀疏的花朵。她们似乎比桂花还小心，不仔细瞧还真不容易发觉。秋日的阳光透过密密匝匝的叶，在小道上洒下斑驳的光影，竟然也有了幽深的意味。

日子一天天流淌，每日早早到校早读时，勤劳的清洁工阿姨也总是早早地就清扫了行道。只是飘落的花瓣似乎密集了许多，有时候捋捋头发，也能拈出嫩黄的花瓣儿了。这落花倒很有意思，花盘偏斜，有圆钝小裂片，花瓣蜷曲着，似杂技演员样向外反折，还看得见细长的柔毛，花瓣基部微微橙红。忽然抬起头，枝头大片的绿、大片的黄，就这样高高地飘在秋日的蓝天下，在风中招摇着，刹那间迷离了双眼。这不知名的树！

而我竟然不知道，不知道它会给我更大的惊艳。一个中午，放学路上，一棵棵高大端正的树下铺了一地金黄，延展至几十米远处。那一地的柔软，看得心也温暖起来。一瞬间我竟恍惚起来，忘了等待我的厨房，忘了擦肩而过的匆匆行人，甚至忘了饥肠辘辘的女儿。耳朵里，只听得那金色的花朵簌簌下落的声响；脑海里，只剩下那些电影里荡气回肠的经典画面不停地交叠。这满地的浪漫，满地的回忆哟。这不知名的树！

下午再经过时，小道魔法般地恢复了整洁，再见不着那金色的地毯，只听得“唰——唰——”的扫地声了。唉，那惊鸿一瞥，是让我好好回味的吧？不过没关系，还有惊喜呢。不几日，便看到枝头又蓬勃起一簇簇淡绿色的花了。这花似乎比先前大了许多，有些干瘪。再几日，花朵竟然隐了淡红色，花身也饱胀起来。又几日，花儿竟然是深红了，像一只只圆锥形的灯笼飘在了树顶，又似一张张鼓起的小嘴巴，是那样的恣意。花开两度？这不知名的树！

究竟是怎样的一棵树？我下了决心查阅。原来是栾树，别名木栾、栾华等，又称大夫树、灯笼树。这是一种落叶乔木，春季红叶似醉，夏季黄花满树，秋叶鲜黄，入秋丹果满树，是极为美丽的行道观赏树种。哦，原来那高高悬挂的是它的果实呢。这奇怪的树，迫不及待地要展示自己的丰硕。那藏在小灯笼里的果实是怎样的呢？轻轻摘下一朵，哟，小小的红豆呢。它这是把最深刻的相思藏起来，小心地呵护着，然后擎上树冠，向上，再向上。那思念的是谁？蓝天白云还是清风明月？还是那远去的背影？

一株朱顶红

喜欢花花草草，便把淘汰的简易电脑桌改装成了花架。但又实在不是养花的料，所以阳台上总是“芳草萋萋”。它入住我家纯属偶然，以致现在竟忘了它当初的模样。

依稀记得，一日突见邻居家新冒出了一盆眼生的绿色盆栽，急忙蹭过去。那绿色植株肥厚的叶子亭亭地立着，隐约有君子兰的韵致，却又高挑了许多。见我喜欢，热情的女主人顺手就从那植株旁“抠”出了一棵只冒了绿色小尖尖的植株递给我，说：“我的一个同事送的，很易成活，要少浇水。”

我喜滋滋地捧回家，先用空盆盛了它。这小东西果真窜得快，才一个星期，竟高出了身边的君子兰。那鲜嫩的叶片，越往上越绿得恣意，似乎用指甲轻轻掐一下就能滴出些许绿来。那廉价的花盆和它娉婷的身子已是不相衬了，于是去搬回一只高腰的白瓷大盆。换了环境，它也觉得快活吧？不几日又蹭蹭地往上拔，也许长得太急了，长长的叶片承受不住自己，突然拦腰折下。我找来几根瘦竹枝撑它，还是不行，索性剪刀伺候，它顿时矮下一大截。

不想这小东西竟生了气，叶片开始枯黄。或许是水浇得太勤了，不几天，它的根部就烂了。念着那还不错的花盆，我把它搬到外阳台晒太阳，且死马当活马医吧。谁知等盆中的土晒裂了，也等不见绿色小尖尖探出来，于是搬回。因暂时没有合意的花草进来，便把它丢到花架最底层的角落，顺手撒了些水后便再也没瞅一眼。

不知哪个周末，我在清理阳台时随意一瞥，那高腰白瓷盆里竟然有了两片瘦瘦的叶片，只是绿色中泛着嫩黄。奇怪，这小家伙还没死呐！我唏嘘着，赶紧浇了些昨日的淘米水。如果不是邻家那盆搬到楼下享受晨露暮霭，被不知名的高雅之士悄悄搬走代为栽培，我还真没把它当回事儿。得知消息后，我赶紧把它从角落移至朝阳处，并不特别优待，只是隔三岔五察看土是否干裂，然后浇点儿水，任其发展。

就这样，一年过去了，它依旧不咸不淡地长着，我也有意无意地去瞧瞧它，若叶片太长了我就给剪短。偶尔叶片上也会有白色、黑色的斑点，它也便蔫蔫的。我也不洒花药，得空时就用手抹，发现竟是一些虫卵，似乎快嵌入叶肉里去了。后来，虫卵清了，它也精神了，继续长，我也继续修剪。在我眼里，它就是一盆品相还说得过去的绿色观赏植物而已。

今春，蟹爪兰开得很是妖娆，我便将它挪到阳台最里边，好让蟹爪兰有足够的光照。时间久了，有时竟忘了它的存在，甚至几个星期才想起浇一次水。

昨天阴雨，我踩上高凳将衣服挂上阳台。猛一低头，竟忘了挂衣服，片刻，狂呼一声："开花了！"老公和女儿无动于衷，嘀咕着"神经病"，继续忙自己的事。我狂喜，继续催："快来快来，太惊奇了！橙黄色的，有点儿像百合花呀！”小女禁不住，奔过来：“哇，真的好漂亮啊！妈，这到底是什么花呀？”我回答不上，衣服也顾不得挂了，赶紧拉来邻居问，原来学名朱顶红。

哦，竟然有这么一个漂亮的名儿！细细看，那花径中空，外周似乎撒了一层浅浅的白粉，亭亭地立着，顶端挑着两朵橙红色的喇叭形花朵，衬着那玉带似的绿叶，袅娜地朝我微笑，娇艳无比！赶紧上网搜索，噢，她还有一个美称“君子红”，难怪我先前觉得有君子兰的风姿呢。“呀，我家的这株是朱顶红中的‘大力神’！”丫头兴奋地嚷起来。

我赶紧撤下花架最高最向阳处的蟹爪兰，将它请了上去。剪去稍嫌长的叶尖后，猛拍照。可是，拍着拍着，我的激情却一下子降了温。我想到初见它时的兴奋，后来的弃之不理，再后来的怜悯，还有现在的呵护备至。

其实，不管我在不在乎，她始终在拼尽全力地生长。我的漠视，我的无知，我的残忍，于它就是一个势利的小人！可它始终没有失去希望，抱着必生的信念，就这样不放弃、不抛弃！

啊，是这样一株朱顶红！

独恋秋色

我以为，恋秋的人总是能够安静的。

这个季节，少了春的妩媚风情，缺了夏的热烈妖娆，也不同于冬的内敛深沉，它是含蓄的，清澈的，端庄的，静美的，圆熟而丰满的。只有拥有健康、成熟的心态，沐浴涤尽心灵的浊气，才能够真正走进它，这个有着卓然迷人风韵的少妇，有着儒雅潇洒气度的哲人。

月色撩人。多情的蟋蟀在草台前弹奏，勤劳的纺织姑娘在草间忙碌着。“呱呱，呱呱——”蛙们在稻香中聒噪着，争相汇报丰收的讯息，此起彼伏。偶尔一两声的蝉鸣，让寂寥的月受了惊吓一般，倾泻出一地的清冷，如素绢铺地，似温玉流淌。“清溪流过碧山头，空水澄鲜一色秋。隔断红尘三十里，白云红叶两悠悠。”月色里，或漫步，或倚栏；沉思，静默，低吟，浅唱，轻啸——都将成一阕清丽的宋词，婉约千年。

秋叶静美。始终抱守归根的情意，叶们自春到夏至秋，总是一如既往地摇曳。即使是深秋，也决不萧瑟。在芳菲退尽的时候，它们必是以最优美的姿势轻轻飘落，化成翩跹的彩蝶，成就秋的绚烂。多少时候，喜欢在秋天的黄昏，寻一长椅独坐，仰望高天，看流云飘过，看倦鸟返林，看温和的秋阳斜斜射进铺满落叶的小径。那是来自灵魂深处的安宁，那是一段恬静而淡泊的岁月。

秋水无痕。也许是盈盈秋水占尽了风光，古人总喜爱以之比拟女子，剪瞳秋波，秋水伊人……《诗经》中那句“蒹葭苍苍，白露为霜。所谓伊人，在水一方”，曾让多少儿郎魂牵梦萦！喜欢水的，不知能否同意这个观点——看水，夏需近海，秋则宜湖，尤以烟波浩渺，长天落霞之际为最。极喜爱这一句“绿杨堤畔蓼花洲，可爱溪山秀。烟水茫茫晚凉后。捕鱼舟，冲开玻璃皱。乱云不收，残霞妆就。一片洞庭秋。”此境此景，如诗如画，恰似天上人间。得闲时，必定泛舟湖上，方对得起如此锦绣河山。

风华绝代是秋日。

晨曦微露时，薄雾已经缭绕。林间的鸟次第鸣叫起来，嘹亮、清越。早起晨练的人们，可以看得到叶尖的露珠悄悄滑落，草坪上的水雾随着秋阳的冉冉升起渐渐隐去。一切是那么安详宁静。

阳光多了份温柔，秋风吹过，亦没有了夏日的浮躁，的确是天高云淡，神清气爽。此时，最适宜的是去花圃、去果园、去农田。

秋花依旧灿烂，却不是那种浓烈妖冶，红的、黄的、紫的、蓝的……除了各色的菊，还有更多的花，叫不上名儿的，你看，或者不看，就在那里，静静绽放。飘着香气的却不都是这些花，是那累累的树枝。小灯笼似的柿子，红嘟嘟的苹果，金黄的梨子……一只只缀满枝头，挤挤挨挨，你争我嚷，宣示秋天的丰盈。有兴致的，到农田边走一圈，和乡邻一道扯一扯家常，顺便摘几朵“吐丝”的棉花，摸上一摸，软软柔柔的，嗅一嗅，闻得到太阳的味道，像极了冬日新晒的棉被。逢上收割的时候，满身满脸，每个毛孔都会渗进来那清新的、淡淡的稻草香。选个无人的角落，躺倒在稻草上，眯上眼，就可以重温童年的梦，甚至可以打几个滚儿，捉两三只已经不够威风的蚂蚱，编一个蝈蝈儿笼……

如此秋色，得与自然相拥，一颗心如何不得宁静，又如何能不沉淀？愿此生，与秋，长相依。

芦花胜雪

更深露重，秋意渐浓。一转眼，秋已瘦成了枝头黄花。这个时候，适宜就着一帘暖阳读诗。

读到“野菊他乡酒，芦花满眼秋”，不禁心旌神摇。辽远的蓝天下，小河边、沟渠旁，一簇簇一片片芦花，雪一样洁白，在瑟瑟秋风中婀娜。

那是我的故乡，芦花的故乡。

海子说：“芦花丛中，村庄是一只白色的船。”我们是白船的主人，以快乐为篙，撑着它追着红气球一样的夕阳，在芦苇荡中穿梭。这个时节，我们最喜欢干的事便是抽出芦花穗，用细绳一束束扎住压平，最后再编成扇状，一把漂亮的芦花扫帚便成了形。得到母亲的夸奖后，那银铃般的笑声便一直在深秋或初冬的晴空下飘着，久久回荡。母亲呢，也似乎不再那么繁忙，割芦柴累了，便会丢下镰刀向天边眺望。那时的母亲，在夕阳的余晖下，脸庞依然黑红黑红，但看向芦花的眼神，却那么温柔，似乎还含了一丝羞涩。那一瞬间，我第一次发现芦花丛中的母亲竟然如此美丽。母亲那一代的乡下女孩没有念过书，绝不会知道“蒹葭苍苍，白露为霜。所谓伊人，在水一方”的诗句。我不知道少女时的母亲有过怎样的青春记忆，但每每翻起《诗经》，那样的画面总会在脑海里反复回放。

我们那里的芦苇有两类。一类是随处生根、高大挺拔且粗壮的，收割回家会被砍成一截一截，或堆成芦柴垛当柴火，或剥去外皮做成栅栏圈住屋旁的小菜园。一类是那种纤瘦的，如果把长在路边河旁的粗壮芦苇比成乡下汉子，那她就是俊俏的小村姑了。它们喜欢生长在浅水中，春夏时叶子更翠绿，秋冬时芦花更洁白。每年端午前后，婆婆便会挎上小篮子到水边摘苇叶，回家后用滚水煮过，包了各色的粽子，入嘴便有苇叶的清香，叫人欲罢不能。

芦花胜雪时，有一段日子村里会格外热闹。乡亲们赋予那些被收割回来的芦柴更为重要的使命。晴朗的冬日，女人们聚在一起，把早已精心挑选的细芦柴编成竹帘，编成簸箕，编成帐把（后来砌房渐渐被小青砖和木板取代）。孩子们闹腾着，一会儿偷偷卷起竹帘，一会儿悄悄把编了一半的簸箕藏起来。但我们最喜欢的还不是这些，孩子们最盼的是篾匠师傅。十一月份起，篾匠师傅便会时常来到村头的大喇叭下面坐着。那是一个干干净净的中年男子，和一般的农村汉子不同，皮肤有些苍白。我们很奇怪，他为什么只带一只小板凳和一把弯弯的小铁刀？于是静静地蹲在他身边，一眨不眨地盯着那双神奇的手——明明粗糙而且巨大，却像蝴蝶穿花一样灵活轻柔，还没等我们回过神，他已将堆在身旁的笨笨的芦柴变成了一只只可爱的篮子、淘箩，甚至光滑的芦席。

大多时候，村里宁静而温馨。星期天，我们便会带上早早做好的鱼食，到村口那条大河边，选一处芦苇丛静静待上一下午。等到村庄上空升腾起袅袅炊烟时，总会收获几条小鱼，我们便收了竿，提着小桶晃悠着回家。

只是，我的故乡，这如雪的芦花，和炊烟一样正在悄悄撤离。端午前夕回故乡，母亲竟然跑了很远，才在一处早已不成形状的小渠里采了两把苇叶。我这才猛然惊觉，那些儿时的小河早已铺平，村口的大河，整洁的水泥河堤边，曾经葳蕤的芦苇已经消失得无踪无影。

哦，我的芦苇，我的故乡！再不能扯下满竹篮的苇叶给羊儿饱餐了，再不能顺着芦根摸螺蛳了，再不能挖起芦根洗洗就咬了……“最爱芦花经雨后，一篷烟同伴渔船”，“最是平生会心事，芦花千顷月明中”。往后的岁月，我只能在书中找寻你吗?

哦不，芦花还是有的。太湖的芦花秋月、大纵湖的芦荡迷宫、杭州湾湿地公园的芦花仙子……千顷芦花胜雪，浩荡入梦，醉了我心。

只是，再也去不到那个夕阳下的芦苇丛，再也走不进那个炊烟袅袅的故乡。

冬日访杉

这个冬日，一些喜欢文字的朋友相约访杉。

黄海森林公园和两年前已大不相同，新增了许多景点。穿过宽阔的中心大道，我们选择了从空中栈道进入园区深处。

木栈道长千米，颇有些九曲十八弯的味道。轻轻踩上木板，没有一丝摇晃，和以往踏过的木栈道完全不同，不必手忙脚乱，随时随地可以将眼前的无边画意定格。因为，头顶是开阔的蓝天，脚下是清澈的河流，前后左右拥抱你的都是树。那些树们，裸露着褐色的枝干，不复夏日的浓翠，就连往日纷纷的鸟雀也已不见踪迹。水杉是主角，这些挺秀勇敢的战士们，不管高矮胖瘦，无不站得笔直，高擎着手臂直指蓝天。站在这栈道上，无论看向哪一个角度，这冬日旷远幽深的森林公园，都是一幅极美的水墨画。

同行的一位老师突然笑道："真奇怪！这些水杉的枝丫怎么有的突然就断了？"我们这才发现，一棵棵水杉似约好了一般，树身越往上，枝丫也渐渐多起来，枝丫下方的树身上却布满了许多大小不一的圆形疤痕。看我们疑惑，漂亮的导游妹妹解开了谜团。原来，水杉有一项特异的本领——自断横枝。为了追寻阳光，努力长高长直，一些旁逸斜出的枝条会在秋末冬初自觉地停止吸收养分，我们看见的那些耷拉在树身上的枯枝，不久便会自然掉落，然后化为养料。

我一下子愣住了，竟然从没细细观察过它们。也许是不挑剔环境、易成活且生长极快，小时候，小村家家户户屋后总要长几棵水杉。每到深秋我总会抱怨这些讨厌的家伙——非但不能做成结实的家具或农具，那些细小的叶片还总在不经意间就撒满院落。乡亲们也从没有认真打理过它们，长大的水杉，若是被买家挑中则随时砍倒以贴补家用，没被挑中的干脆砍下当柴烧。就这样，它们在我的故乡没心没肺、泼泼洒洒地绿着，向着阳光努力向上伸展着——我木质疏松不堪大材，但我长得足够高足够直，这，便是我生存的根本——原来，这些在乡下再寻常不过的水杉，竟然也懂得！

我不禁汗颜。怀着敬畏的心，我抬头仰天。那些直刺云天的水杉树梢，竟然还高举着早已枯褐的叶不肯凋落。在这冬日的寒风中，在这迷蒙的雾气里，它们倔强地裸露着每一寸肌肤，托举着一颗不屈的心。

云雾还没完全散开，在这灰白的世界，在这芳华逝尽的林海，在这时光似乎失去了工整的木栈道上，我一步步与众人拉开了距离，寒风铺天盖地，瞬间将我裹挟。

而我的心就这样沉静下来，刹那间，一种无法言说的感动流遍全身。每一个生命，当我们没有走近，没有走进它们的生命，我们绝没有资格妄加评论。

乡间初冬

一夜之间，气温便突然降了下来，渐渐有了薄霜、寒风，乡间冬天的帷幕悄然拉开。

初冬的乡间天地辽阔。略有些灰蓝的天空，不再有大朵的白云散步，天地间陡然空旷起来。收割、晒场，仿佛一夜之间，那黄金的海便成了狼藉着稻茬的黑土，欢腾的人们也悄悄地收拾起丰收的喜悦。极目远眺，朴质的大地袒露着肌肤，刚播撒不久的麦子还未来得及探出头。纵横的阡陌没有一丝绿意，成了一道道深浅不一的划痕。田头沟边偶尔会有一两棵楝树，张着瘦瘦的枝丫伸向天空。村头的那片小树林也褪尽了繁华，往日穿梭啁啾的鸟雀们也不知了去向。世界突然间静谧，一切似乎陷入了休眠。只是人们并不着急，因为他们知道，这里的每一寸泥土都在休养生息，它们裸露的胸膛里，住着一个金色的希望。

初冬的乡间生意盎然。屋旁小菜园里的仪式仍然隆重。经过霜的小青菜和菠菜们挺拔着，比深秋时越发有了精气神。苗条的大蒜在寒风中甩起了水袖，与已经高挑的芫荽争风吃醋。那两行韭菜闷声不响地，只管憋着劲儿往上蹿。肥胖的白菜却很是娇弱，外层的叶子渐渐蔫黄，人们已经开始考虑让它们进贮藏室。倒是几棵青椒和紫茄子显得更加顽强，皱巴着身子兀自挂着。窗边那棵柿子树上还吊着几只小小的红灯笼，为初冬点上一盏盏暖暖的小太阳。若是走过哪家喜欢花草的农家，还会看到门前的小花池。寒风中，总有几株菊花或是美人蕉仍然昂着头，让人不自觉地生出满心的欢喜。

初冬的乡间柔软轻慢。经过了春种夏忙秋收，人们不用再赶着起早下田，脚步一下子慢了下来，光阴也渐渐浓稠起来。当浓浓的晨雾被冬阳挑开面纱时，在大多数人家的土灶已经成了摆设的冬日里，村里终于飘出了第一缕炊烟。那暖暖的蒸汽里夹杂着清甜的玉米香或是红薯香，唤起了往昔日子的疼痛和欢愉，让人不由得想捧起那只粗瓷碗，扒拉几大筷子咸菜，“哧溜哧溜”地猛喝一通。

这时候，檐下廊前是最理想的休憩地。纳鞋底的女人们早已不在，织毛衣的却持续着热情，只是换成了更为细软的羊毛或羊绒线。更多的是围着矮矮的小方桌，你一言我一语地争着指点正要出牌的一方。庄稼人的快乐很简单，简单到只要有一两副小小的扑克牌便能在心底开出花来。墙角是偎依着笤帚的老猫，看一会儿笑闹的人们，打一会儿盹，再眯眼看看屋旁那棵老树。树上结着一个硕大的喜鹊窝，一只喜鹊逆着光站在光秃秃的枝头，梳理着羽毛，偶尔朝着前方“喳喳”着。前方是自西而东的电线，几只麻雀正停在上面张望着。它们，是在等待谁的指挥棒，好奏响这冬日的音符吗？

最喜欢初冬的小雨。“细雨生寒未有霜，庭前木叶半青黄。”选一个微雨的傍晚，去乡村，最能感知土壤的气息。细细的冬雨飘洒着，院内墙角散落的黄叶被擦洗得发亮，衬着灰蒙蒙的天地，透出一股浅浅的寒意。这时候，倚着门，看一抹炊烟从邻家的青瓦上袅袅升起，眼里便是一幅水墨画了。

这样的静谧，最宜畅聊。因为一场小雨，初冬又增加了几许仪式感。母亲常常会在这时候杀一只鸡，或是煎一锅肉圆。火锅早就入得寻常家来，就到门前的菜地里采一把鲜嫩吧。“绿蚁新醅酒，红泥小火炉。”不需要秉烛，就着一锅好汤，啜一口自酿的浊酒，满口生香。每至微醺时，父亲便会拿起两只筷子挨次在杯盏边有节奏地边敲边哼唱。他唱着什么，我一直未能听清，看得清的是，他额头如斧凿般纵横的沟壑渐渐铺平，在灯光下显得无比柔软。

等到夜色深沉，我便可以枕着父亲的鼾声，做一个儿时的梦。梦里，一颗圆圆的太阳，穿过轻纱一样的薄雾，在村口那片小树林里露出了红红的脸庞。

第三辑　忽忆故人来

荻花姑娘

屋后的小河如今成了大河。新修的大桥威武地跨在水面上，越过水泥河岸，默默地瞪着河堤上列队的白杨树。河水仍旧缓缓地向东流着，一如既往地没有波澜，似乎已经习惯了这样的形貌。

可它还记得年轻的时光。记得那瘦瘦的河堤、浅浅的河床，还有密密的芦苇丛和穿梭在荻花中的姑娘。

十里八乡的乡亲们都知道，杨家的巧玉姑娘生得俊，手更巧——真真是人如其名。爹娘疼着她，不让裹着莲足的她出去风吹日晒，她也只能窝在小木楼里做女红。只是，每天下午，她总要到屋后的这条小河边站一站。

她觉得这小河就像姑娘的丹凤眼呢。那清凌凌的河水是婉转的秋波，那丛生的芦苇就是浓浓的睫毛，密密地遮掩着少女的心思。她喜欢这条弯弯的小河，尤其是深秋。当荻花铺天盖地袭来时，她会站上一整个下午，看夕阳慢慢坠落，看荻花在晚霞中被镀上一层柔柔的金光。小河里时不时会有小鱼小虾跃上水面冒个泡泡，她看得格外开心，便咯咯地笑。

年轻人似乎天生有颗诗人的心。夏天，村里村外的小伙子们收了工总要故意绕了道走过小河。他们大声地说笑，虽然小河边只有芦苇在风中起伏，但他们似乎能看到茫茫的荻花，看到那个梳着两条又粗又长麻花辫的巧玉姑娘。

小的时候，每当外祖母在小河边收割芦苇时，她便会不厌其烦地给我讲巧玉姑娘。我每次都会追着问，那巧玉姑娘后来哪里去了呢？祖母便会悠悠地叹一口气，然后默默地挥动着镰刀，渐渐没入荻花深处。

后来，我渐渐大了，外祖母再讲巧玉姑娘时，我便不再问。因为，我早已知道，巧玉姑娘便是我那颤巍巍挪着小脚仍要操劳不息的外祖母。

我一直很奇怪，我的大舅舅和六姨妈怎么相差了三十岁？我问过一次，可一直温和的外祖母突然就黑了脸，半天也没有理我。直到工作后，向母亲讨教处理人情往来时，才知道外祖父是外祖母的第二任丈夫。生下了二舅后，大外公欢喜得手舞足蹈，举止异常。外祖母这才发现，父母替她左挑右选的女婿是有精神病的。当她丢下一儿一女毅然改嫁给丧偶的外祖父时，整个杨家庄都沸腾了。这个巧玉姑娘，哦不，沈家儿媳，原来是这样的女人！

在那个年代，柔弱的她并没有被唾沫淹死。我的外祖父——大外公的三堂弟护着她，宠着她，还把大外公和一双儿女接回了家。她也真的爱着这个新家，从未下过地的她总是把自己和一家子收拾得干干净净，白天和外祖父一起到田头劳作，晚上，两人就着微弱的灯光赶夜工。屋后小河边密密的芦苇在两双巧手下变魔术似的，粗粗的芦柴棒成了一只只簸箕、篮子、淘箩，细细的芦苇秆则成了漂亮的柴帘。当我的大舅舅——外祖父前妻留下的儿子也亲热地叫她娘时，她才放心地生下我的妈妈、三舅、四舅和小姨。

也许，这样的幸福太不合常理。正值壮年的外祖父突然一病不起，抛下了一大家子孤儿寡母，早早地离了世。历经了凄风冷雨的外祖母早已不再是当年聘婷的巧姑娘，亦不复是温顺慈爱的小妇人了。她咬咬牙，擦干眼泪，匆匆把十八岁的大女儿嫁出，把十七岁的大儿子和时清醒时疯癫的大外公请出了家。只是，她那乌黑油亮的青丝一夜之间突然就白了，就像屋后那片望不到头的荻花，在风中飘啊飘啊。

自我记事以来，庄里的大人小孩都唤她“三奶奶”。每天夜里，她都要在煤油灯下忙活到深夜。谁家小孩出生了，要请她去做洗三的小红褂儿；谁家有老人过世了，要请她去做寿衣；谁家小媳妇想盘个好看的纽扣，想裁一身合体的旗袍，都要巴巴地来找三奶奶。

就这样，她不知疲倦地迈着一双小脚，奔波在田间地头，穿梭于密密的芦苇丛。春去秋来，那芦叶青了又黄，那荻花白了又落。她终于笑着看到她和外公的三儿一女（我的小姨在十岁那年意外溺死）稳稳地成了家。

她更喜欢屋后那片芦苇丛了，一有空便去拾掇。春天，她总是早早地采挖嫩嫩的芦根。夏天，她便忙着采摘苇叶，然后裹成各种花样的粽子。秋天，她要忙着收割那些可爱的芦苇，因为整个冬天，她要把它们变成一个个可爱的用具。她整日里笑盈盈地、活泼泼地忙碌着。

可是，不知从哪一天起，这小河边的芦苇就渐渐少了。起先，是因为人们已不再需要芦苇生火做饭。当荻花白成雪一样时，会有人一把火烧光。不过她不着急，因为第二年，这些小东西又会在一夜间探出可爱的脑袋，她便又忙碌了起来。后来，突然有一天来了几个冒着黑烟大声吼叫的重家伙，将河岸翻了个底朝天，河水也被抽到了不知哪儿去。没几天，小河不见了，屋后突然冒出了一条宽阔的大河。

外祖母不认识它，可还喜欢到那里走走。她喜欢在那里拾掇，而且固执地认为，春天，那些可爱的芦苇还会呼啦啦冒出来。可是，已经过去了好些年，她始终没有看见。

年前回去时，她正窝在那床老棉被里愣愣地出神。床头散乱着一些瓶瓶罐罐，还有一只有些油污的搪瓷碗。看到我，她并没有如往常一样拉着我唠叨，只是有些茫然地看着我，喃喃了几句。

我的外祖母，九十岁的她，再不能把自己收拾得干干净净了。我逃离一般退出她小小的房间。再回头，她仍旧木木地靠在床头，稀疏的白发凌乱地挂在额前。

我突然就涌出了泪。泪光中，渐渐现出了一大片芦苇丛，雪一样白的荻花，在秋风中飘啊飘。我的外祖母，正顶着一头苍苍的白发，挪着一双小脚，在茫茫的荻花中，越走越远。

两只凤

她叫巧凤，她叫荷凤，一样大的岁数，同一年结的婚，同一年生的娃，女娃。乡亲们都说，她俩啊，就是村里两只骄傲的凤凰。

那个时候还是大集体，两家重男轻女的公公婆婆都脸不是脸鼻子不是鼻子的。两只凤都要强，又是邻居，就铆足了劲儿，比赛似的挣工分。红旗一升，钟声一响，冲在最前面的就是这两只凤。

巧凤生得壮实，个儿高。14 岁那年爹爹死了，她红着眼，一咬牙一跺脚就随着一帮子大男人下了地。穷人的孩子早当家。从此，白天忙田，晚上和小脚的娘一起做女红，硬是把两个弟弟从七八岁供到了高中毕业、张罗他们参了军。这巧凤虽然不识字，但心气儿高，一定要找个识文断字的夫君。她相中了本村长得最帅、文化最高，而且又参了军的高中生根儿。根儿也是穷孩子，但和长年在地里操劳、皮肤黝黑的巧凤站一块，却很是不般配。村里人都不看好，但巧凤愣是做到了——一个女人，把家里屋外拾掇得干干净净，老人小孩照料得妥妥帖帖，地里庄稼比人家两口子都种得好。根儿退伍后被安排进了厂，个把月回家一次，巧凤从来不要他下地。每年春节时，一家人一水儿新衣裳，请左邻右舍来家里吃花生糖。村里的男人都羡慕，这个根儿有福气，找了个能干的女人；女人们也嘀咕，这个粗黑的女人咋就这么命好跟了根儿？

荷凤是邻乡嫁过来的，小小巧巧的，力气不大。大集体时男人在村里记账，日子一直过得滋滋润润。后来实行家庭联产承包责任制了，看到巧凤一个顶俩的忙活，她着了急，每天天不亮就把同样瘦小的男人拽起来下地。大忙季节更是把三餐缩成了两餐。她被丫头兰子的一句话伤了心——人家娟妈妈一个人干活日子都过得那么好，你们俩真没用！小孩子哪懂得，巧凤的根儿虽不在地里干活，每月好歹有一点儿公家钱啊。荷凤也不解释，就这样憋着一股子气拼命干活。荷凤没有辜负“荷”字，虽然女红不如巧凤，可是水中功夫了得。一有空闲，她就和一帮男人下水摸鱼捉虾找螺蛳，在那买肉都掰着指头数的日子里，她家倒常常打得牙祭。

村里男人经常拿这两只凤数落自家女人，你瞧人家 X 凤！因此，有些女人故意背地里嚼她们的舌根。可她俩行得端坐得正，谣言总是不攻自破。有时实在听得闹心了，她们也会拿出点儿颜色。矮小的荷凤说话像机关枪似的，发起火儿来能跳上长桌理论；巧凤嗓门大，往那里一杵，虽然话语不多，却句句紧逼，直问得那些长舌妇人落荒而逃。

两只凤偶尔也吵，芝麻绿豆的事儿，吵吵也就过去了，不往心上搁，但言语上总是不让步，一直比着赛。春耕了，比谁下的种快；秋收了，比谁家的产量高；孩子上学了，比谁家的娃娃成绩好；姑娘结婚了，比谁家的女婿孝顺；有孙子孙女了，又比谁家的更乖巧更懂事……从小媳妇儿一直比成了老太婆。

可怪得很，最近俩老太太竟然不比了。眼看着儿女们一个个都飞出了村子，除了节假日，平日里只有电话里才能说上几句。两只老了的凤也不再骄傲了，一有空儿就能看见她俩和一帮子老太太们围一起，也不知都唠些啥嗑，老远都会听到她们哈哈的笑声。有时她们还一块儿斗斗地主，每次也总有个输赢。不管谁输了，都不见了急吼吼的埋怨，总笑眯眯的，再接着来，累了就各自散开。吃饭、打牌、睡觉、看电视，再干点儿不太重的农活，一天的光阴竟然就这样很轻易就打发完了。她们的时光似乎一下子浓稠了，一切都慢了下来。

其实，人就是这样。年轻时是太阳，积聚了浑身的热情和斗志，光芒夺目却也刺眼；壮年了，就成了一棵树，把根扎得很深很深，一半在风雨里抗争，一半在地下拼命吮吸养分；待到年老了，却又成了不谙世事的稚童，所有的恩怨纷争都在相逢一笑中相忘于江湖，一切都变得那么从容、自然。

她们也许说不出来，但她们却在认真地活着。

吃货鲁小二

鲁小二者，先生的外甥女是也，芳名安琪，芳龄二十，地道吃货一枚。

暑天酷热，瞅着厨房间的工作台，我总是头皮发麻心生寒意，却又不得不慷慨赴难。每天英勇就义般进去桑拿一番，必定汗如雨下，似乎全天下的汗都被我一人招来。因此，我坚持“多一事不如少一事”的原则，清淡小菜三两个，荤菜偶尔来插班。

可鲁小二在这，可不能随便马虎。虽说幼儿园就跟着我们到初中毕业，一直当着自家丫头养，还是要做做样子不是？关键是这丫头对吃食自有一番研究，在她面前我总是颜面扫地。

吃个白粥吧，她说明天煮绿豆粥好啊；下个面条吧，她偏要先用凉白开过一遍，然后自个儿油盐酱醋糖地捣鼓一番，边吃边呼“好爽”；炒个笋片肉丝吧，她建议酱油不要太浓……这不，不知怎的瞅见我束之高阁半年的电饼铛了：“哈哈，舅妈，我做饼吃好不？”那边我还没来得及答话，小女已大呼：“好啊好啊！”

说干就干，这丫头风风火火买来材料躲进厨房成一统了。乒乒乓乓一阵子，她托着盘子嚷着“鲁小二上菜”走进客厅。哎，好香呀！你别说，还就真不赖，色香味俱全：金黄的身子上点缀得花团锦簇，绿的是葱末和韭菜花，红的是香肠和鸡脯丁，上面还刷了一层甜酱。那边爷俩吃得摇头晃脑，笑得两朵花似的，还不忘挖苦我：“瞧你，就会弄个鸡蛋饼，切！”我说：“不是还给做过葱饼吗？见利忘义的家伙！”

看着这姑娘热得满脸通红，我还真有点儿心虚——我这个主妇也太不厚道了！钻进厨房瞅瞅吧。这一看我头大了：摊上调匀的面粉，再铺上葱花鸡蛋液，瞧见半熟了再撒上韭菜花，接着再铺一层细细的鸡脯丁。这还不算完，末了，香肠大丁加入，盖上盖子焖。我滴个神，我两道工序就搞定的活儿到她手中竟变得如此繁复，也是醉了！啊呀，还是得了吧，吃饱了忙瘦了，这活儿我坚决不干！

晚饭后，跑步去体育场。跑着跑着剩下我和她两个比较有肉的。她嘻嘻笑，和我呱唧她们在校的生活。不要又是吃的吧？还没开口，她已经如数家珍地报出一连串小吃店名儿来。我大笑：“你上学时记性咋没这好啊？”她也不生气，呵呵地继续说：“我就是喜欢嘛！哼，你们在黄山顶一顿早饭 90 元，还不如我花十块钱吃个透爽！”又说：“以后我去旅游就专门奔有好吃的地方，不尝遍天下美食，还就真对不起我这个吃货啊！”

说起吃货，我突然记起了一年级时的她。那时我正怀孕，她跟着我们借宿在学校职工宿舍，一天，我腆着大肚子帮她洗澡，她突然说要把好吃的省给宝宝吃。敢情那时候，她就认为对别人最好的表达就是给好吃的啊！

想到这儿，我笑出了声。她也笑：“怎么啦？”我说：“今年幼师专升本了，你到南京后可要节制点儿，肉已不少，再这么吃小心没人要！”她大笑：“你着什么急！”

呵呵，是的，我着急啥？看她在厨房有板有眼的动作，看她那井井有条收拾房间的小样儿，我隐约看到了一个未来的贤妻良母正在快乐成长。

未名湖畔的邂逅

“未名湖是个海洋，诗人都藏在水底，灵魂们若是一条鱼，也会从水面跃起。”曾几何时，那湖、那塔，是我魂牵梦萦的天堂。儿时的梦想虽然未能开花，但终究按捺不住那份渴慕，八月，我如愿前往。

那一天，天高云淡。纯净的蓝天，偶尔一缕白云飘过。静静地站在未名湖畔，看碧水蓝天绿树辉映如画，我的心也一样澄明。

穿过一幢幢青砖木窗的研究院楼，绕过博雅塔，我顺着小径向纵深缓缓前行。未曾留意湖畔南侧山间掩映的亭台小阁，我一心感受那种深厚博大的人文底蕴，神会昔日燕园中的诸多大师。那些曾在湖边散步、凝神的大师们，如水的岁月、生活的沧桑、飞扬的激情……是他们自由、深邃而悠远的思想熏陶，让这湖水、这园林生出了一种独特的灵气！

举着相机，我不停地拍，恨不能将一切都留下，藏进我的灵魂深处。突然，高举的相机提在了半空——透过镜头，我看到了前面不远处的一堆人，似乎有一个人在书上签名。

近前才看清，是签名售书。一个人，一个摊儿，一大包新书，围着的有学生，也有观光的游客。什么样的作家跑到未名湖签售作品？我好奇地朝那人看去。瘦削的面庞，凹陷的双眼，猛一看去像欧洲人，嘴向右下方歪着，坐在一张竹制的小椅子上，芦柴棒似的双腿不停抖动，正吃力地一字一字给自己的新书做介绍。

我费力地听着，随手翻起他的新书，是还飘散着油墨香的《热爱》。书的封面这样写着：他是北大边缘作家，是流落在民间的伟大的纯文学家，被誉为未名湖的灵魂，给你不一样的震撼与感动……

他告诉我们，他热爱文字，1975 年生于黑龙江，从小患小儿麻痹症，但不想靠别人和社会的接济，给家庭造成负累，大学毕业后先后做过文字校对、文字编辑、网络写手、家庭教师、商店老板等等。如今已有一百余万字的文学著作飘行于世，独立售书一万七千余册，自食其力，自在生活。

买书的人也并不是很多，但每卖出一本，他必很郑重地签名，再双手捧给读者。那是怎样的一种签名方式？右手抱住笔，左手再抱着右手，颤抖着画下两个龙飞凤舞的字——庄酷。用他自己的话说，我这是“站在理想生活的边缘装酷，捍卫自由生存的尊严燃烧”。

立在他的书摊儿旁，我竟不能挪步。这样一个人，现实为他的生活道路设置了多少关卡？他需要做出多大的努力，才可能取得别人也许不费吹灰之力就能获得的结果？有顾客请求和他合影，他很高兴地哆嗦着慢慢站了起来。

看那苍白的脸以及墨镜后自豪的目光，我没有加入。但这一种行走的方式已经在我的记忆里定格。只要打开影集，只要看到这美丽的未名湖，我定然会想起这个特别的名字——庄酷。

泰戈尔说过：“只有经历过地狱般的磨炼，才能炼出创造天堂的力量。”是的，非如此不足当之。未名湖畔的这次邂逅，再次让我体味了大师的智慧与力量。

摆地摊儿的男孩

学校布置了孩子暑假参加社会实践活动的作业，办公室几个同事商量着，建议体验一下“摆地摊儿”。还就别说，几个小鬼一拍即合，兴高采烈：“我们卖东西去，文化广场人多，就到那儿！”

这不，这几天气温稍稍降了点儿，小鬼们就忙乎开了。下午4点多就到了广场。虽然没几个人，但小雨已经嘀咕了：“还是来晚了！”因为最好的位置已经被三个大哥哥占了。

同事华早已批发了一些玩具，我们就帮着他们铺好薄膜、摆好商品，交代了他们如何吆喝、谈价、找零，末了把几瓶矿泉水放下，就躲到一边偷看。

也许是害羞，几个小鬼一直不敢招呼路人，互相瞪眼睛努嘴儿，眼睁睁地看几个小朋友溜到旁边大哥哥的摊儿上。不一会儿，一个拿起小铃铛使劲儿摇，另两个抓起八戒的九齿钉耙装模作样打斗起来。一个小时过去了，还是没人停下，隔壁大哥哥已经卖出去了一只泡泡瓶。

看几个小鬼垂头丧气，我们几个大人终于按捺不住，走过去给他们鼓劲儿。这下好了，几个小鬼松了口气，找了个地方先坐下，接着跑到大哥哥那边玩起了玩具。我们也便和几个男孩交谈起来。

原来他们初三刚毕业，都考上了本地最好的高中。讲话的男孩高高的个子，身体很粗壮，浓眉，不大的眼睛，厚厚的嘴唇，黑黝黝的皮肤，乍一看很腼腆，可是却很健谈。他告诉我们，他们也是搞的社会实践，他领的头，暑假一个月以来光进货就花去近万元，实行股份制，三三分成。

我问他进货渠道，他笑。我说我们是老师，陪自家孩子一起体验生活的，向你们学习呢。他看我们很真诚，说货都是从浙江金华进的，家长只提建议，从不参与。市场调研、选址、进货、签单，所有的环节都是三人共同完成。我不觉重新看向他们的商品：各类中低档玩具、各种型号的泳圈、小小的热带鱼……还真颇有商业眼光呢！

正说着，刚才买泡泡瓶的小姑娘来了，爷爷气呼呼地说东西坏了，要退钱。我替几个小伙子捏了把汗。说实话，如果是我，还真不知如何是好。还是高个子男孩，他先让爷爷不要急，抓在手里一阵捣鼓，然后把盖子拧下，重新装了泡泡水。小姑娘看看又可以玩了，拉着爷爷高兴地走了。我很奇怪，因为我们的泡泡瓶如果玩完就该扔了。他又笑：“咳，我们专门去充了泡泡水，就防这一出呢。”他自豪地说：“你们的玩具不好看，还有假海豚。看我的，那才是真的呢！还有，来广场的家长又不是成心来买玩具，你们的货从哪拿的，标价吓死人，谁买啊？”

说话间，一个年轻的妈妈要买游泳圈，他便忙着去介绍产品。我饶有兴趣地看，年轻妈妈一共砍了三次价，中间还离开了几分钟。同事华和兰忍不住替他做宣传，终于谈成了这笔生意。年轻妈妈临走时对我们说：“这几个男孩可了不得，前段时间还卖小鸡小鸭，很有经验呢，明年我让咱家小子也来跟他们学习。”

我不觉又打量起这几个男孩，很质朴的模样，没有一点儿城市孩子的娇气，面对我们不卑不亢，举手投足间充满了自信和快乐。虽然自始至终都没见他们的父母，但我相信，这几位睿智的家长一定深谙教育的真谛。

天色已经暗了，我们的几个小鬼嚷着腿站酸了，肚子饿了，于是大家收拾回家。一路上，我问丫头今天的感受。她哼哼：“这钱真不好赚，白忙了半天，一个也没卖出去。”我说：“人家大哥哥早在你们前面就到广场，他们一直站着，也没见吃一口呀，他们说七点后人才真正多起来呢。”

丫头没再说话，我知道此行的目的已经达到了。但我的心里却再也不能平静，谁说中国的优秀孩子只是高分低能、缺乏创新精神？我不是看到了吗？

坚守的力量

一

莲在另一座城市，五月去青海支教。每日里看她的微博照片，想象三千六百米的高度，纯粹的蓝天白云和那明媚、热烈、执着的阳光，以及那些虔诚的藏民、淳朴的高原孩子，总不由得心生感慨。

一个月的体验似乎短促了些，但也许是一种两全的方式。寥寥的社交软件对话虽然没有谈及她的选择是否遭到许多的不解甚或冷嘲热讽，但我想我了解莲的心思。每一个真正走近过大海，有毅力攀登过高山的人都有体会，在大自然面前，人类如此渺小，但我们依然可以心怀敬畏，坚守本真。看着她用心写下的博文，没有华丽的辞藻，却干净得有如青海湖澄清的水。一箱箱的书本、一包包的衣物、一堂堂的汉语课……那点点滴滴的感动，如此简单而深刻地存在着！我更愿意相信她，此行的目的不是挥霍将逝的青春，不是哗众取宠的虚荣，更不是迂回曲折的晋升手段。

二

“人生里常有两件事，一件重要的事，一件喜欢的事。只要你有投入和付出，重要的事也可以慢慢地向喜欢的事转化，对于大多数并非依兴趣而择业的人而言，学会把重要的事转化成喜欢的事吧，这叫享受职业幸福。”这是在同事说说里读到的一段话。

我想把这段话送给同事明，这个我工作近二十年、辗转多所学校以来见过的最敬业乐业的同事。

他的善良、温暖、谦恭、勤勉，无时不在影响着他的孩子以及同事们。如果说为数不少的劳动者是为着生存、生活而工作，那他无疑是在用心播爱。因为懂得，他会根据孩子的身心发展，有目的有计划地进行着人格的塑造和能力的培养；因为无私，他把花尽心力研究、积淀的知识和智慧与同事分享；因为责任，他宁肯委屈自己也会顾全大局担当起分外的重担，不会有半份懈怠。

前段时间，在有条不紊地完成本职工作的同时，为了《“八礼四仪”三字经》和文明礼仪短片《田野里的童话》的创作及排练，他彻夜难眠。看他整日里行色匆匆，关心的朋友嗔怪，该有的已经拥有，何必太苦了自己！当然也有不理解的，甚至曲解的。对此，他均报以真诚一笑。

也许，价值观、人生观的话题在有些人眼里早已是一个点缀，或仅仅是一句敷衍，但在他，却镌刻于心。所以，虽渺微，他却始终以一轮红日的姿态照亮校园，温暖每一棵乔木，每一株小草，每一个净洁的心灵。

三

现实也许是这样的：除却那些为梦想不断奋力登攀巅峰的先行者，不少人都在为着一步之遥的成功不断地颠簸、挣扎，也许这的确违背了自己的初衷，但仍然不能够停下脚步。也有一些人，在不断地随波逐流中圆成了玲珑的鹅卵石，任那一份本真渐远渐淡，直至渺茫。

很庆幸，我和我亲爱的朋友们都愿意保持住一份生命的本色。就像那个红色的五月，那段难忘的合唱排练经历。

谁也不会想到，刚刚还歌声嘹亮的小吴同学突然一头栽倒在舞台上。我急奔过去，却见他浑身绵软，双眼紧闭，脸色煞白，嘴唇煞白。各个班级走马灯似的彩排，嘈杂的音响，混乱的人流，除了人头就是各色的衣裙，台下的众人谁能注意到一个突然的晕倒？

这是唯一的一次彩排，音乐老师在台前卖力指挥着，作为班主任的我却已顾不上了。怎么办？正当我手忙脚乱之际，并不熟稔的亚琴和秀华迅速跳上了舞台，协助我背起小吴同学。从五楼到楼下，再到另一栋的医务室，甚至因为急切和意外，两位姐姐分别崴了脚，扭了腰，擦伤了皮——这一切是在几天后才听其他同事说起的。我无限感激，她们却笑笑："这又有什么呢？"

是啊，这些并不重要。我对学生讲：重要的是，在紧急关头，谁能够坚守做人的底线；重要的是，在任何时候，始终保守正确的人生观、价值观。就像这次比赛，我坚持把重要的指挥角色交给了学习掉队最厉害的"大将军"。我对学生讲，比赛只是一个促进我们了解历史，体悟革命精神的平台、一个手段，关键是我们会收获什么——是势在必得的奖项，还是在不断练习、修正的过程中体验"坚持、信念、进步、快乐"？

当我再次回想起友人莲，同事明、亚琴、秀华，以及包括我在内的众多如他们一般正默默奉献着的人们时，我不止一次地心潮起伏——什么是践行社会主义核心价值观？这就是！

恩师长进

窗外，月色清冷。楼下那棵银桂树在月光中婆娑着，桂子的甜香悠悠地启开了鼻翼，沁入五脏六腑。

这美好的秋夜，总让人情不自禁想起一些人，一些事。

就像此刻，站在落地窗前，看着这融融月色，想到即将到来的教师节，昔日的恩师便一个个涌上了心头。幼儿园、小学、中学、师范……白云苍狗，那些老师们，有的早早退休含饴弄孙，有的年近花甲依然耕耘在教学一线，也有的已永远成为了一帧泛黄的记忆。也许是人到中年，感慨愈甚，每忆起往日，总忍不住鼻头发酸。

恩师中，最让我难舍的是陈长进。

他是我四年级的临时班主任兼语文老师。当年的村小只有几个年长的民办教师。开学不久，原先的语文老师住院手术，他便顶上了。

第一天到教室时，满头大汗的他一只裤腿卷着，脚上的解放鞋上满是泥巴。看到这个中等身材的黑瘦男人，我倒吸了一口凉气——他能教好吗？

第一节课他没有讲课文，而是搬了张凳子坐在教室中间和我们唠嗑。他告诉我们，听到村里广播通知，衣服也没来得及换下，就从大田里赶了过来。“哎呀，我从家骑脚踏车到这里要四十分钟呢，可把我累坏了。”“哦，原来你不是我们村的呀！”看到同学们惊讶的目光，他突然嘴一扁，哭丧着脸：“我今天开早工的，早饭还没吃呢。”同学们一下子笑了，有几个赶紧从书包里掏出一把硬邦邦的馒头干递过去。他也不客气，接过来就“嘎嘣嘎嘣”咬嚼起来。

哈哈，这哪是老师，分明就是一个大男孩嘛。同学们一下子喜欢上了他。

他也果真没让我们失望。他重新调整了我们的座位，原先的四小组变成了两大组，在教室里围了个半圆形。课堂上，他除了板书，总是一直站在我们中间。

他讲课文从不让我们背诵段落大意和中心思想，却喜欢让大家自由讨论。有时候为了给课文分段，同学们会分成好几个小组，总等到大家争得面红耳赤，他才笑眯眯地敲敲讲台，再给我们分析。

下课了，他喜欢和我们一起玩。格房子、跳皮筋、老鹰捉小鸡、警察抓小偷……每次他总要玩得满头大汗，有时候输了还会耍赖皮。每次玩过之后，他喜欢让我们把游戏的过程写下来，然后一个个找我们谈话，告诉我们哪个游戏写得太简略了，哪个同学出糗了却没有写具体，哪里还可以写一写自己的心理活动。

就这样，我们渐渐爱上了语文课，写作文也不再唉声叹气了。大家还发现一个奇怪的现象——他从来不和我们生气。班里那个连校长都头疼的“猴精”小伟也不跟他对着干，一下课，小伟就像小跟屁虫似的黏着他，专门拿稀奇古怪的问题为难他。他呢，总是笑眯眯地解释，俩人还经常“鬼鬼祟祟”地咬耳根呢。

我喜欢他，还因为他的名字只和爸爸的相差一个字。他听说了这消息，便一把抱起我，说：“我儿子比你大几岁，特别想有一个像你一样可爱的妹妹，你就叫我老师爸爸吧。”我咬着嘴唇盯着他那双弯弯的大眼睛，其实心里早承认了。

我们真希望永远住在这愉快的时光里啊。可是，三个月后，原先的语文老师回来了。

那一天，天气出奇地晴朗，风轻轻地吹着。站在教室旁边的那棵老楝树下，我们谁也没有说话。他弯着那双大眼睛，一个个地抱了我们。

告别时，小伟突然跑回教室，又兔子一般地追上他。他蹲下身子接过小伟手里的一把馒头干，拿起一片塞进嘴里轻轻嚼着。顿时，同学们又拥了过去。

我终于没有忍住，悄悄凑到他的耳边，轻轻喊道：“老师爸爸”。他顿了一下，赶紧低头从那只旧包里掏出圆珠笔和纸，唰唰地写了起来。

看着他跨上那辆旧自行车渐渐远去，我紧紧捏着那张写着地址的纸条，硬是忍着没让眼泪掉下来。因为，刚才他红着好看的双眼，悄悄对我说：“小丫头，咱不哭。记得等你爸爸回来后找老师爸爸玩。”

可是，在远方工作的爸爸一年难得回来几趟。时间一长，那张纸条我竟然再也找不着了。

直到今天，我都没再见过他，也没有他的任何消息。但不知为什么，在这如水的月色里，那双弯弯的大眼睛却如此清晰地浮现在我眼前。

篾匠殷爹

殷爹的小铺是一个简陋的活动板房。说是店铺并不恰当，大约五六个平方米的长方形空间，殷爹称它为小棚。

小棚狭长的空间很是逼仄。地上堆放着青的黄的竹竿儿，虽然到处是竹皮草屑，但却不凌乱。棚顶用一条花被套做了装饰，周围是一圈厚实的塑料薄膜，用细竹条固定住，应该是为了防风。竹条下则挂着形状各异的淘箩、竹篮和竹筛，柜台上也整齐地码着他的作品——几屉大小不一的蒸笼、各色捞面的漏勺长竹筷，靠边儿的一头叠着几只箩筐，都是幼时见过的农具。

本就显得拥挤的空间里还放了一辆旧的自行车、一张简易的躺椅、一只火炉和几只装了食用油或自来水的大塑料瓶。和对面一溜儿熙来攘往的火锅店、烧烤店及身后高大的工商银行一比，他的小棚显得更加灰头土脸。

我是问了好几个朋友才找着了这里的。起先并不为买什么，只是偶然想起了儿时看篾匠编竹篮的乐趣，便想着重温一下童年。

看到有人，殷爹只稍稍抬了一下头，继续低头摆弄手中的竹子。

我好奇地盯着他看。工作台很特殊，是一个老树桩。他先用一截小竹条在长竹竿上比画，然后用锯子锯成一截一截。估摸差不多了，他便从躺椅下抽出了一把砍刀将短竹段劈开。

让我讶异的是，紧接着他便用一把短而厚的无柄刀迅速将竹皮和竹肉轻轻地剥离，然后将分离开的竹皮再次剥离，一眨眼工夫，细细的竹条儿便在他手中圈成了小圈儿。征得他的同意后，我从偏门走了进去，捡起一段竹肉想仔细看，不料却划破了手。

殷爹笑着说："姑娘你别动，细皮嫩肉的别伤着。"我只得作罢，便端详起他的手来。这双手已不再红润，灰白色的手掌布满老茧，手背、手心纵横交叉着一条条裂痕。我问："您老是不是退休了才到这儿的呀？"他顿了顿，停下手，从左衣口袋里摸出一根烟，颤巍巍地点燃，深吸一口后，他抬起红肿的眼皮，弹了弹烟灰，慢悠悠地道："干了一辈子啦！打十几岁起就做这手艺，今年七十七，快干不动喽。"揉了揉眼睛，他又吸了口烟："以前一直在这路边摆摊，前几年城管给搭了这个小棚，再也不担心下雨刮风了。"

抽完一支烟，他开始了编织，是一只精致的花篮。那短粗的十指看起来略显粗笨，但在拿起篾条的那一瞬间，却突然似绣娘巧手飞针，上下左右穿梭，直看得我眼花缭乱。

他编花篮的当儿，穿插来了几位顾客，有买蒸笼的，也有买淘箩的。他并没有主动站起来招呼，等顾客掏出钱包问价钱时，才慢吞吞地撑着身后的长凳站起来。我突然问："您生意还不错嘛。城里人也买这些？"他吐了一口唾沫在手心继续抽篾条，头也不抬地说："是啊，这些东西环保着呢。我手中的这个就是一个姑娘特地寻来定制的。多长时间不做花篮了，整整琢磨了一个晚上呢。”

“那您想过收徒弟吗？”我又问。他一顿，没有作声，然后叹了口气说：“谁还愿意学呢？太苦人了！”

我刚想说什么，张开口却又不知说什么，于是静静地蹲着看他继续编织。这以后，他一直不说话，编一会儿便停下来抬起头抽一支烟，有时会慢慢站起来拍拍落满竹屑的衣服，然后继续专心地编织。对面的店面里高音喇叭正卖力地唱着情歌，他仿佛从来没有听见。

临别了，我买了一只小巧的针线匾，本色的竹篾条上用红色涂了一个很俗气的“囍”字。我知道，这只小家伙到家后只会被束之高阁，可我还是买了它。

不为别的，只为偶尔看到它时，便像看到了满头白发的殷爹，便会想起记忆中那一双双翩若蝴蝶的、满是伤痕的手。

第四辑　愿有岁月可回首

父亲的爱情

父亲年轻时在当地应该算个美男子，不抽烟不喝酒，又有文化，甚至还写过不少“诗”，这是我在妈妈“晒夏”时偷偷从箱底翻出来的——尽管不是写给她的，她仍像宝贝似的藏在箱底，包括爸爸在部队时要和爸爸一道回家的那个漂亮的山东阿姨的黑白照片。

至于后来他为什么娶了妈妈——长相一般，没有文化，十四岁起就和大人一起下地挣成人工分的妈妈，我没有问过。但我想，他内心一定很不快乐，不善言辞的他一定不爱妈妈。尽管从小到大我都未见过他俩吵架。

可是，今年我似乎明白了他，明白了他的爱情。前几天回家时，妈妈悄悄告诉了我一件事。

妈妈查出了糖尿病后，他隔三岔五便会回家一趟（这几年他在替姨姐夫照看小厂子），哪怕只有一两个小时，为的是督促妈妈按时吃药，抽查她是否注意休息。

应该是7月2号中午吧。妈妈刚躺上床，迷迷糊糊中听到摩托车刹车声，还有轻微的钥匙叮当声，知道他回来了，也就没有起身。

大约一小时后，妈妈醒了。可是，起床后她发现门还锁着，一个人也没有。这就奇怪了，人跑哪儿去了？妈妈绕着屋子找，发现他正倚着东墙坐着呢。

妈妈笑了："发什么呆呢？早知道是你，没想到坐在这儿。"他回道："我从窗户里看你睡了，就没开门，坐这儿也凉快呢。"

"你说你爸是不是犯傻？"妈妈说这话时甜得像初恋的少女，被毒日晒得黧黑的脸庞是那么光彩照人！

他并不知道妈妈把这事儿告诉了我，我也不会问他。我不知道那天他独自坐在墙根下会想些什么。他是在回忆那飘逝的遥远的爱恋？他是在回顾妈妈独自承担上孝双亲、下养儿女的艰辛？还是在思索逐渐清晰的生命的旅途？

这一切我不得而知。但我知道，父亲的爱情，和我们不同。

娘，下辈子我做你的娘

果真是糖尿病，挺严重。抓着化验单，我匆匆赶回乡下。

她正在地里忙活，见我站在田头，大着嗓门问："昨儿才从你那回来，今儿咋就回来了呢？"我把实情说了，她才略紧张起来，自语道："难怪这个把月总是口干得厉害，吃得凶，老以为这段时间活儿太重了。"我像审犯人似的："还有什么？都不许瞒着。"

她的声音越发小了："前几天割麦子划破腿，流的血都紫了，好像和了油似的。这几天帮你舅舅挖泥，他家房子马上动工了，缺人手……"

看着眼前这个嗫嚅着、无助的小女孩似的女人，刹那间，儿时的一幕幕电影似的涌到眼前。记忆中的她总是健壮的，头疼脑热都很少见。爸爸在外地工作，她一个人打理着七八亩地，犁田、担水、施肥、灌溉……从不叫人帮忙，也没一样落在人后，背地里乡亲们都叫她"凤辣子"。风风火火、处处显强的她，女红也出奇好。那漫漫冬夜，我一觉醒来，总见她仍在床头织着毛衣，为我和弟弟织，为远在外地的父亲织。

那时候只是纳闷，难道她不累吗？现在，等我也为人妻、为人母后才明白，那一针针织进去的不仅仅是温暖，还有爱，还有无尽的思念和对明天的期盼啊！

不由分说，我又将她带回城里。

小时候因为家贫，她不识字。医生便把降血糖的资料打印出了厚厚一沓，一页页念给她听，叮嘱她平时饮食要注意什么。我把苦瓜切成了细片让她生吃，她眉头都没皱就咽下了——我偷偷尝了一片，真是苦到心底呢。

因为放不下地里的庄稼，她急着回去。又担心会影响我工作，她执意坐公交。我只得备好药，载着她去站台，一路碎碎念地嘱咐她按时吃药，注意饮食，记得每天泡一壶“铁观音”……

“娟儿，”她忽然说起一件事，“还记得那年暑假吗？十岁时吧，你爸带你到厂里玩了好几天。一天半夜里你不晓得咋回事就大哭着要回家。”“都啥时候的事了，记不太清了。”“你爸说过几天回家，你闹着立即回呢。你说做梦我病了呢。”她自顾自地说着，“第二天一大早你爷俩就真回来了。”哦，记起来了。那次卖肥猪时她被大石板砸伤了腿，躺在床上好多天呢。

“娟，还有件事一直没和你说过呢。那年你还在外地上学，有一天中午不知咋回事我就倒在了地上，话都说不出来。当时我就想，可不能就这样死了，一个人都不知道呢。”她顿了顿又说，“后来我就硬撑着从厨房爬到堂屋，又爬到大门，足足爬了半个小时呢。好在你三叔（邻居小叔叔）那天正好到河边洗东西，他听到我用头撞门，赶过来把我送去医院了……”我一惊，说什么母女连心？那次怎么就没感应到？我鼻子一酸，没吱声。我难以想象那个闷热的中午，也许我正和同学们唱着喜欢的歌，或者正读着心爱的书呢。

母亲还在絮叨着，我从不知道她竟然这么爱唠叨——即使我和先生恋爱与父亲差点儿闹翻脸时，她也没有很多赘言。很快便到站台了。看着她上了车，放好行李，我笑着摇摇手："苦瓜吃完了我会让人捎回去的，别担心。"她也笑笑："没事儿，你弟弟过些天也回来呢。"车子启动了，我分明看见她用手背抹了一下眼角……

我的心不禁又抖了一下：母亲，下辈子我做你的娘。我要像爱我的女儿一样宝贝你！

替幸福拥根

海子说：从明天起，做一个幸福的人，喂马，劈柴，周游世界；从明天起，关心粮食和蔬菜；我有一所房子，面朝大海，春暖花开。

我们，有太多的梦想，太多的希望，也有太多的无奈，太多的渺茫，太多的失望。

我喜欢海子的诗行，亦向往诗中的梦幻。

这个世界本没有完美，完美的是我们的心情。

就像这个匆匆的五月。“五一”假日少了预约的精彩——没有鲜花的浪漫，没有踏青的轻快，没有放纵身心的酣畅……

这个三天，嗅的是春的气息，享受的是泥土的芬芳，流淌的是幸福的汗水。

仍然是背了大包小包，连同回家的心情一起沉甸了沿途的青青麦浪。这一波又一波的希望啊，浅绿、深绿、墨绿，绿了庄稼汉的脚掌，绿了乡下妹子的红妆。一场蒙蒙的春雨过后，菜花已经洗去铅华，悄悄将细荚儿缀满枝头，一往情深地与泥土凝望。

“咋就不带丫头出去走走呢？”拍拍手中的泥，爸妈的眉眼里笑意盈盈：“好容易得个空儿，又回来弄这么个黑疙瘩。”

妈说话时，我看见风撩起了她的发。五十多岁的妈妈，抵挡不住时间无情的脚步。忽地一转身，照片中风姿绰约的姑娘就这样站成了田埂上的一株茂茂草。岁月如歌，岁月如歌。歌唱的是云端里的小房子，歌唱的是月光下的凤尾竹，与泥土无关，与辛劳无关。

五月的太阳已经微微毒辣，女儿通红着小脸在麦浪里跳跃。抬头，天空碧蓝碧蓝，鸟儿追逐着云朵。“奶奶，是棉花糖呢！”银铃一样的童声将妈妈拉回了过去。遥远的记忆里，妈妈，你的童年在何处奔跑?

汗已经湿润了每一个毛孔，鞋袜已经成了无谓的装束。半蹲着酸疼的腿，捶一捶麻木的腰，前方是一望无际的黑土地，平平展展的，梳子梳理般细细密密——那是父亲的守望啊！

再次抬头，两颗苍苍白头紧紧偎依，一传一递，幸福的棉花钵模糊了我的双眼。

爱，就让汗和他们一起淌。任汗水濡湿衣襟，让双手拥紧泥土。我要替幸福拥根，让我的天空棉花朵朵。

春在枝头已十分

梅花山的梅花开了。

她犹豫了几天，终于还是去了。她要去看梅林扶疏，看万株梅花竞艳，看涌动的人流。似乎只有置身那层层叠叠的云蒸霞蔚中，她才能感受到一丝春意。

江南的春已烂漫。可眼前的十里梅花竟让她生出一种前所未有的悲壮。恍惚中，她觉得自己来到了辽阔的大海之上，正踩着彩色的波浪上下起伏。那些梅花，全然没有她印象中孤高清冷。红的像火，白的如玉，粉的似霞，开得泼泼洒洒，毫不矜持。

穿梭在梅林中，梅香盈袖，看着从身边飘过的俊男靓女，她忽然怀疑自己此行的目的了。她以为自己来了，那些不快，那些烦恼，便会随着这攀升的气温，随着这满山的梅香，悄悄飘散。

她是委屈的。职称评审再次与她开了个玩笑，还要等到哪一年，她看不到尽头。可是老公从来没有安慰过她，他难道看不到在单位独当一面的她，回到家中依旧忙得像陀螺吗？

因为职称，工资迟迟涨不上去——她的同学，有好几个工资高出她好几级了。四位老人年岁渐长，儿子读高一，往后花钱的地方越来越多了。

前天两人散步时，她怂恿他搞一搞第二职业。她说，这几年，假期我从来没闲着，你也不要浪费了。他没有说话——之前她利用休息日接零活，他就不支持，他总是说，健康第一。

她兴奋地说着计划，点开手机要给他看，脚下不觉慢了下来。待察觉无人应答时，才发现他已经走到她前面十几米远了，于是放下手机专心赶路，可是距离越拉越大，她赶不上他的速度。

等他发现我落在后面，一定会停下来的。她想，这么多年，他从未将自己落下过。可是，前面就是路口，他还没有停下的意思。她的心忽地就疼了，停下脚步，看着他越走越远，最后拐了个弯，便看不见了。

路灯的光很柔。看着自己长长的身影和路边尚未返青的柳条，她猛地折身往回走。三月的风并不像诗中描写的那么温和，吹得她的长发乱飞，心儿冰凉。

所以当好友约她看梅花时，她毫不犹豫便来了。江南的春，总是来得分外早。梅花，已经用它的满腔热情将梅花山染成了春的海洋。她太想竭力拥抱这满山的春意了。可站在万顷梅林中，她只看到了孑然而立的自己。

家乡的春也应该快来了吧？她很诧异，居然在这个时候想起了家，想起了他。不是说好了什么也不想吗？就让他一个人体会工作和家务夹击的滋味吧。

他就不担心我吗？想哭的感觉向她袭来。这些年来，她和他的关系，真的如左手右手了吗？

打开一直关着的手机，未接电话和微信信息冒了出来。是他，竟然还发了一张照片。照片里，常被她用来插花的玻璃瓶里，插着一截柳枝，柳芽儿还毛茸茸的，还有一支枯褐色的枝，放大了看，似乎有几点红。

哼！她撇了撇嘴，每次剪几枝花带回家时，他总是嘲笑自己小资。不过看到留言，她忽地觉得心中一暖，他是懂她的。

留言写着："尽日寻春不见春，芒鞋踏破陇头云。归来笑拈梅花嗅，春在枝头已十分。"她记得，这是某尼的《悟道诗》。

还是回家吧。想起自己不舒服时他煲的乌骨鸡汤，想起家电出了故障，他捣鼓捣鼓就恢复了，想起各种杂七杂八的缴费、保修，那些，自己从来都不用关心……

她偷偷笑了。原来，有些东西依然美好如初，自己差点儿就错失了枝头上那盎然的春色，错失了那点点小幸福。

有一种美丽叫放弃

这个夏天注定是美丽的。

在校领导的关心和支持下，我主持的中国教育学会课题《日记对青少年成长的影响》的子课题终于结题了。暑假前接到课题组通知，我前往北京参加了结题活动。

本次活动除了聆听专家讲座、研究人员交流心得、颁发结题证书和合影，还有一项激动人心的活动，就是去坝上草原、木兰围场和承德避暑山庄游玩。

不知为何，对于物质的要求我向来鲁钝，但对精神的追求我一直勇往直前。由于种种原因，曾几何时，我将浪漫情怀一直深埋，不敢想象名山大川，不敢想象草原大漠。如今，有这样一个向大师学习、和自然亲吻的机会，我心潮澎湃，激动之情难以自已。

我热切地渴望一望无际的草原，想象着碧浪翻滚，牛羊隐现；想象着关外雄风，群马竞奔；想象着蓝天白云下，我身着戎装策马驰骋，放歌天际；想象着繁星璀璨下，和蒙族儿女赤脚围绕团团篝火，纵情欢笑；甚至还想象着像花木兰、像萧峰一样仗剑天涯……

我拟定行程，然而却与草原无缘。

婆婆说："你们去北京带上我吧。这么一把年纪，我得了这个病，不定啥时候就"结疤"了。你们带我去瞧瞧那个北京的专家医生，我还要看看毛主席他老人家，看看天安门，爬一爬长城，看一看"小燕子"住的地方……"

"好，那不去草原了。"我说，"咱自己慢慢瞧，我免费做导游。"

兵分两路，先生带着婆婆和女儿先转天安门一带，我参加结题活动。当全国200多所学校的结题代表一同前往草原时，我悄悄地和同行的樊校长等人告别："草原之行，虽甚向往，仍临行脱逃，见谅！"

之后的旅途充满欢笑，一路游玩过奥林匹克公园、八达岭、山海关、秦皇岛……白天，我们扶老携幼，药箱、水壶、相机贴身，随时待命拍照留影，必要时还停下来背一背，扶一扶；晚上，回到旅馆，因了强健的体格，我还义不容辞地充当起临时按摩师。

返程途中，我凝视窗外不语。他们问："遗憾吗？"看着婆婆灿烂的笑脸，看着女儿小麦色的皮肤，我眨眨眼，笑了。

这次的北行虽然与草原擦肩而过，但来日方长，我并不遗憾，反而感到欣慰。因为放弃，今夏，我拥有了一份别样的美丽！

学会接受

生活中，总有这样一些人，他们自尊、自爱、自立、自强，从不愿意接受别人哪怕一丝的帮助。总觉得无功不受禄，受了哪怕是亲朋好友、同事邻里的半分人情，都如猫爪挠心，总寻思找个机会还回去才觉得心安理得，互不相欠。

相当长的一段时间里，我对此非常推崇，并以此为准则为人行事。也因为有这样的信念做支撑，在极其困乏的日子里，我从来没有埋怨推诿，也没有失望徘徊。每每听到同龄人或年轻后辈的家长里短，我总是腰板挺直，不无自豪——虽然父母无法成为我们的坚强后盾，但我们的日子一样过得有滋有味。

及至某一天，我才猛然发现，有的习惯是一把双刃剑。那是婆婆全部化疗结束后的第三天。晚饭后，她拉着刚从老家赶过来的公公，把裹得严严实实的一个纸包给了我们。打开一看，原来是六千元现金。我和先生异口同声说："你们能有多少？这钱留着你俩养老，我们不要。"推了好几回，老实了一辈子的公公郑重开了腔："我知道，你们太辛苦了。你妈看病花了不少，这些先拿去，剩下的以后我们慢慢攒。"我哑然失笑，三次手术和化疗，以及每几个月的一次全面检查，眼前的这些钱无疑是杯水车薪，若是想要他们的钱，还会等到今天吗？看我们坚决不受，老两口只好笑笑，又把纸包收了起来。

不承想，第二天一早，我们还没起床，二老就收拾好了衣物，坚持要回家。我们苦苦挽留，要知道，不会照料人的公公还要侍弄那几亩地，如何能保证婆婆的营养和休息？可婆婆反过来劝我："前些日子住院实在没法子，看你一个人照应老的，又忙小的，整天家里、单位、医院三头跑，我也不忍心。回家去我们会注意的，你也能轻松一点儿。"

执拗的二老最终还是回去了，可我们思来想去也不明白，这究竟是为什么，前几天明明说好了，地里结束一轮忙活儿，公公就带换洗衣物来小住。一周后，我们赶回老家，化疗反应还很大的婆婆竟然撑着病体给我们做起饭来，还不让插手。饭桌上，我们吃得津津有味，不住地夸她坚强，她似乎开心了不少。不知怎的，她突然又提起了那六千元钱。我们愣了一下，突然间明白了什么，点头收下，说："我们给你俩存着啊。"二老笑眯眯地，随你们咋搞。

这后来，每次回老家，他们总会乐颠颠地让我们把早已拣择好的蔬菜带上。国庆假期返家，我们和往常一样把拎回来的几个塑料袋随手丢在了车库。几天后，下楼翻出塑料袋，看到了包裹得严实的一个保鲜袋。打开袋子，一阵馊味儿扑鼻而来，已分不清是什么了。等那边打来电话问："那放在最底层的芋头红烧肉好吃不？"我们噎住冲口而出的话，赶紧说："好吃好吃！你是大厨，能不好吃吗？"电话那头哈哈地笑："你们喜欢就好。"

是呵，喜欢就好！哪怕再辛劳，自己依然被需要，并没有成为子女的负担，他们愿意这样浅浅地幸福着。我也终于明白，当我们收下那沉甸甸的纸包时，他们眉眼处如释重负的笑纹。

我也终于忆起了一个又一个细节。看望母亲时，她拎出自制的酱油豆，宝贝似的说："小时候你最爱吃这个了，超市里可买不到呢。"我也总是小心接过带回，象征性地吃上一顿，然后便束之高阁，等到哪一天完全发霉变质了，再扔掉——母亲并不知道我现在吃它总是反胃。年前，买了新衣送母亲，她塞一件厚实的羊毛裤给我，说："七成新呢，你肯定合适。"原来弟媳穿着太小了些，送给她了。我摇手："我有好几条新的呢，你留着吧。"母亲的脸色立即暗了下来，叹口气说："我一直没舍得穿，给你留着呢。""好好好，我穿！"看我收到包里，她欢喜得什么似的。

原来，让他们安心接受我的孝心竟是如此简单。只需要轻轻点一下头，微笑着接受他们满是心意的，哪怕是微不足道的付出。

想明白了这一点，心头似乎敞亮了许多。原先，还在为一些温暖忐忑不安呢：朋友一声不吭替我完成了忘记的任务；邻居大婶每周总会捎来些择好的新鲜蔬菜；同事好友红梅新买了丝巾，我说这颜色真不错，没几天她竟给我捎上了一条……这些并不沉重的温暖，为何要一直耿耿于怀？学会接受吧，静静享受和风拂面，然后再轻轻送上一杯清凉。

感受生活的真味，如此即可。

爱在当下

婆婆住院。手术前，因为害怕和不习惯，她时常偷偷流泪，眼睛整日红红的。

邻床大妈安慰她："不怕，没事，你瞧你，儿子儿媳、女儿女婿日夜轮流陪你，多好啊！"

看看大妈就大伯一人守护着，婆婆抹抹眼睛，点点头，和大伯大妈唠起家常。大伯呵呵笑，她可是个坚强人，因为胆结石、脾脏肿大，这已是今年的第三次手术了。

我们抢着说："我妈也特坚强，她是放心不下家里，爸身体也不好，一人忙几条大棚，太苦。"婆婆又流泪。

大妈扯开话题，告诉婆婆，她丈夫生病，正值壮年就走了。她比大伯大几岁，是十年前走到一起的。她又说，大伯是个苦人，妻子年纪轻轻就生病去世了，好容易把儿子拉扯大，娶了媳妇有了孙儿还开了小店，日子红红火火。谁料，几年前一场飞来横祸，儿子又去了。白发人送黑发人，心里那个苦啊……

俩老太太说着说着眼圈儿就红了，大伯倒没难过，呵呵地笑：“都过去了，不提了。现在不是蛮好嘛，孙子和我可亲呢，女儿去年也结婚了，女婿心眼儿实诚，我放心。”

婆婆的病虽然棘手，但手术很顺利，大家都松了口气。大妈却让人提着心。因为是切除脾脏，为了保证早日恢复肠胃功能，手术后医生不让张嘴呼吸，一直吸氧。不知为何，大妈吸氧极度难受，只好拔掉氧管。这期间，大妈的小儿子来看了一次，大儿子也来看过几次。动手术后女儿一直坐在妈妈床前，看看书，过段时间再喊护士换吊瓶。大伯一连几天白天楼上楼下地跑，交钱取药买饭，晚上又不放心大妈，一直没能睡上个囫囵觉。一天，大伯让大妈的女儿去食堂买午饭，女儿说不认识，一下去就找不着路了。大伯一愣，但也只是笑笑，下楼。

一连五天，大妈的肠胃还没能通气，心里很急。老伯就读报纸、讲故事给她听。大妈睡着了，他就和我们拉拉家常。婆婆问他：“大妈的儿子媳妇怎么不过来换一换他。”大伯笑：“不要不要，她小儿子在外工作走不开，孙子要上兴趣班，媳妇也走不开。大儿子在家种大棚西瓜，正是大忙季节，有心无力啊。看，这不是闺女来了吗？我身体还结实，累点儿没关系。”又说：“我还有点儿积蓄，这病一定得给她看好。我什么都不要，就图个老来伴儿啊。”

第七天，大妈的肠胃终于通气了。大伯十分欢喜，喜滋滋地下楼去熬了粥，还炒了两个菜，拎了瓶酒回来。女儿喂妈妈喝粥，大伯把酒和菜放在一张小杌凳上，又在地上铺了张报纸，盘着腿坐着，咂巴几口小菜就抿一口酒，嘴里还哼上两句。大妈喝几口粥，也朝他看两眼，眉头皱皱，却不是生气。

看着看着，婆婆的眼睛又红了。我捅了一下姐姐，她立即会意了：

“妈，明天让爸来看看吧。”“不要，他又不在乎。你们不晓得，开刀那晚我想喝口水，叫他几声都没听到。”说着又抹泪。

“唉，家里活计那么苦……开刀前一晚他一夜没睡，”婆婆又似乎在自言自语，“不知道一天吃了几顿？”

其实，婆婆不知道。得知她得了这个病，沉默寡言的公公一个人在田头不知流了多少次泪。我们把她从家里接来住院的那天正起着风，他远远地看着车子，孤零零地站在风里，就像一个无助的孩子。这几天，在灶前，在田间，在床头，他一定在牵肠挂肚，挂念他的妻，那个整天和他吵吵再笑笑，然后一同下田干活儿的女人。

一直以来，他们说什么也不同意离开老家。我想，明天让公公过来住一宿，以后在婆婆逐渐恢复的日子里，隔些天就陪她回老家一趟。尽管他不会说出一句心疼的话，只会默默看着他的妻呵呵地笑，只会木讷地问一句“疼不？”尽管她也不会情意绵绵地说一声“想你了”，也许还要啰唆上几句，但我知道，他们的心是甜的。

我始终相信，不管是爱情还是亲情，甚或友情，最重要的是珍惜当下，千万不要等到某一年某一天，在尘封的记忆里，在泛黄的相片里，默默感叹。

爱在当下。

雾也濛濛，情也朦胧

那是个薄雾的黄昏。

其实，选在周日这样一个时间来溜达，我并不很乐意。明天得早起上班，况且昨天刚和他闹了一点儿小矛盾，彼此心中都疙瘩着呢。二老却执意前往，为的是既不扫年轻人看景致的兴致，也乐得赶在明天回乡下前到泰山寺看一看。

中秋后的西溪已略略显出了瑟瑟的意味来。文化园内三三两两的游人正向出口踱来。小径两边的韭菜兰似乎承受不住这薄暮中的湿气，耷拉着细长的身子。立着的香樟也意兴阑珊，时不时地随着晚风飒飒几声，然后就静默不语了。摹云阁的灯还没亮起来，隐在了雾气之中。远处的汇仙湖上已经茫茫一片，完全不是丽日下的水云间了。天边已经看不到太阳的光晕，只剩下一抹微红揉进了这雾气，让人似乎感觉到一点点的暖意。

女儿却很雀跃，一路叽叽喳喳，不停地问着，笑着。见我俩都闷闷的，二老便约了时间，领着女儿一起进了泰山寺。我们都不言语，沿着辞郎河一前一后地漫步。

耳畔是幽远的古筝曲，断断续续的，勾起了多年前的回忆。也是这样一个烟雾濛濛的日子，杭州西湖，一大群远道而来的同学，我们也是这般地一前一后，静静错开一段距离，不远，不近，却刚刚好。这样的回忆，你看到了吗？是近，还是远？可能太遥远了？模糊的记忆里已经寻不到这样的印记吗？那样一个年轻的、青涩的、充满泥土芳香的友爱和朦胧的情愫。

“灯都亮了，去宋城和海春轩塔那边走走吧。”他忽然说。恍惚中，我的手竟被他握住。我很不习惯，手随即挣脱，快步向灯火辉煌处走去。

夜幕中的宋城果然美妙，处处流光溢彩。虽然游人不多，转角处却有不少大妈在扭广场舞。不远处还有露天音响响着，接连地传来生涩却很恣情的吼唱。男人的、女人的，小孩的，还有老爷子的，夹杂着哈哈的笑声。

登上宋城，俯瞰，仿佛有一览众山小的感觉了。各商铺前虽然没有了白天的繁荣，却处处古色古香，别有情调。但这引不起我的欢喜来，至少现在我是不愿意喜欢的。“上车吧，塔那边很清静的。”他又开了腔。心中有了小小的涟漪，他毕竟是懂我的。

雾气渐深。夜雾里的海春轩塔默默地守在广场边，远远地望着北面的璀璨。塔四围间或亮着一两盏灯，冷冷的光配合着草间偶尔的蟋蟀鸣唱，很切合这中秋的意境。沿着塔绕一圈，小河东面的人家亮着灯，影影绰绰看到晃动的身影，全然没有了白天的热闹。忽然有了歌唱的冲动。“今夜微风吹送，把我的心吹痛……”我刚欲开口，他却抢先哼出声来，我使劲儿瞪他一眼，扑哧笑出了声。

“赶明儿咱在那边买一套房？”他盯着我，认真道：“景泰花园。站在楼上，一肩挑着多情西溪，一肩担着金色台城，多好。”我正欲作答，手机忽然响了，那边的二老一小已经等急了。

我们终于驱车回家。一路上，小女和二老兴奋地逗笑着，不知何时，音乐也响了起来。我朝他点点头：“此处动静相宜，宜家宜居，甚好。”

他笑，调皮地睒着眼：“还有，怡情怡心，妙极！”

桂花香动故人来

不知怎的，竟哼起了一段越剧。

是小长假的第二天。黄昏时分的乡间大道，车辆依然来来往往，打着鸣儿一闪而过。还没到亮灯的时候，一株株路灯小白杨似的，安静地立在路两侧。这热闹的人间！路的尽头是满天霞光，西天水蓝色的天幕被绚丽的云锦遮掩住了，不留一丝缝隙。倒是那房舍，被这深秋的雾气缭绕着，隐隐透出一种黛青色，水墨画一样，让热烈的心情慢慢沉静下来。

对，就是这样的暮色。没有袅袅的炊烟——如今乡间的天空越发空旷辽阔，炊烟已渐远渐淡，淡成了一抹温暖的记忆，远成了一枚沉甸甸的勋章，沉入心湖。

为什么会唱起来？我停下脚步，屏息凝神。已是暮色四合，路灯却刚睡醒一般，惺忪着迷蒙的眼打量着我。四周静悄悄的，除了偶尔几声虫鸣，没有一丝乐音。

奇怪得很。听越剧，还是三十多年前的事儿吧。

我忍不住四下搜寻起来，可早已收拾起心情的大道似乎突然扭捏起来，安静得有如哲人陷入了沉思。于是我停止了盲目的寻找，闭上眼。这样一来，我才发现，关闭了看向世界的双眼，忽略了那些琐碎的声音，竟有一种异常亲切的感觉扑面而来——我的鼻尖流淌着阵阵清香，甜甜的，若有若无，似顽皮的小姑娘绕到了你的背后，悄悄蒙住你的双眼，然后手一松，又轻巧地跳开。

就是这样的感觉，是桂香！可是桂花在哪呢？大道两侧是齐整整的女贞和紫荆。是在路边人家的院子里吗？还是在哪家屋旁？又或者就在那大片的农田之间？我的记忆中，桂花常常被随意栽植在屋旁的河边或是门前菜园的一角。在乡下，只要走在秋天里，桂香便会肆意游走。走上一小段路，发间、衣服上都会染上一层桂香，就像越剧细腻婉转的唱腔在心头萦绕，久久不散。

这样想着，便越发觉得香气浓郁，似梦似幻。那梦里，渐渐现出了几个模糊的身影，是我的姨姐姐们。

小时候最喜欢去姨妈家，一待就是几个星期。三个姨姐姐天生好嗓子，喜欢一边干活儿一边唱歌。我总是想不明白，没有电视机，也没有收音机和录音机的她们，是从哪里学会的那么多好听的歌儿。姨妈有时嫌烦，便斥责她们整天敲破锣。姐姐们呢，才不理她，做几个鬼脸，翻几个白眼，依然张嘴就唱。那时候乡下正流行露天电影，记得有一次她们隔壁村放映越剧《红楼梦》，几个姐姐便把我也带上了。那个晚上，三个姐姐轮流背着小小的我，也不管我能不能听懂，一边唱一边哭，还不忘絮絮叨叨给我讲贾宝玉和林妹妹的故事。

那一晚，露天广场人头攒动，动人的越剧响彻那个飘着桂香的露天广场。我懵懵懂懂地看着那些漂亮的演员们在荧幕上袅袅地甩着水袖，不能理解整天快乐歌唱的姐姐们为何哭得稀里哗啦。

我最喜欢粘着小翠姐。比起温顺的大姐和泼辣的二姐，她更像一个假小子——小姨家唯一的哥哥可比她文静多了。

除了唱歌，她还热衷于搞怪。一会儿扒拉着眼皮张大嘴巴拉出舌头，一会儿扭着屁股学鸭子走路，要不就躲在门后面突然冒出来学老猫叫。而最让人捧腹的是她能模仿许多种声音说话或唱歌……有她的地方总少不了笑声。

我不知道为什么会在这样一个氤氲着桂香的晚间想起了她，想起了越剧。是因为这缠绵的香气吗？还是因为那些躲藏在枝叶间，却又调皮地打量着这个新奇世界的小东西们吗？

我不能回答，我已和小翠姐失去联系二十余年。我只是大略知道，她没有像两个姐姐一样听从父母的安排，而是坚决抗婚，义无反顾地和小姐夫一起养鱼，闯荡天涯。

突然地，我抑制不住地想听一听她的声音。感谢网络，借着路灯柔和的光亮，我很容易就加了她为好友。点开头像，果然还是那个苗条的、嘟着嘴巴大眼弯弯的她，哪里看得出是已有了小孙女的外婆？慢慢翻看她的朋友圈，再一个个点开，那熟悉的歌声便绕着了双耳。

我始终没有言语，一直地看，不停地听。一幅又一幅，一首又一首。

回家的路仿佛短了很多。在这样一个弥漫着桂香的乡间，重温一段温情且久远的回忆，轻轻哼唱那些熟悉的旋律，心头微微颤动。

最忆是花黄

鸿雁南飞，菊有花黄。寒露已至，重阳在侧。我突然想起了父亲的一盆盆菊花来。

那些菊花是家里的宝贝，也是村里的稀客，是父亲一盆盆装在自行车车篮里，从七八十里远的大丰县城带回家的。奇怪得很，父亲从不带弟弟去他的厂里住，每年暑假却一定要带我去住两个星期。

父亲半个月回家一次。那一年暑假，他忙完了手头的事，下午便载着我去看他最喜欢的九曲长桥。坐在自行车前杠上的我突然看到桥头开了好多不知名的花，欢喜得手舞足蹈：“爸！爸！那些花真好看啊！”父亲是喜爱花花草草的，一个村子，别人家房前屋后长满了青韭碧葱，只有我家门前热热闹闹开满了美人蕉、节节高、一串红、大丽菊……

父亲笑着蹭蹭我的头，说：“过两天我买一些特别漂亮的菊花带回去，等秋天开了，比橱柜上那盆塑料菊花都要好看呢。”

时间不紧不慢地晃悠着。后来，爸爸果真每隔半月就买回一两盆菊花，告诉我，等到寒露时它们就会开花了。于是，每天上学前放学后，我又多了一件事——搬花呀，那些可不是门前土里生长的泼辣的乡下菊花哦。况且，整天在地里劳作的母亲总嫌它们碍手碍脚——从花盆旁经过须小心翼翼，走路一阵风似的她，哪里还有闲工夫照料它们呢。

终于开花了。鹅黄的，淡紫的，纯白的……这还不够惊艳，让我欢喜得整天不思出门的是那些姿态各异的花朵。有细细长长地垂下来，像女孩子漂亮卷发的，有花瓣开到一半微卷的，还有一嘟噜一嘟噜，像白色的小太阳挤在一起淘气的……每开一朵，我都会痴痴地盯着它左瞧右看，常常兴奋得忘了吃饭。

左邻右舍赶来瞅，都说真好看呢。可他们并不真的来看花，他们是来看电视的。那几天正在播《射雕英雄传》，全村就我家有台彩色电视机。妈妈说："大家就借看花的机会顺便看会儿电视剧不行吗？"

没几天，小小的房间已经挤不下人了。没凳子大家也不急，挤在一块儿也热闹。只是苦了我的那些名贵的菊花——都是爸爸从牙缝里省出来的，妈妈为此没少数落。一天早晨，我终于发现，那卷发的白公主已拦腰折断，那紫色的贵妃也落了一地花瓣，甚至还碎了几只花盆。

看着一地的狼藉，我很是无语。后来父亲回来，妈妈斜着眼，有点儿幸灾乐祸："早说了，我们哪是养花的人？"我看看父亲，他看看我，各自摇摇头。自此，父亲再也没有养过盆花。

但是，门前屋后照样长满了花。现在，妈妈年事渐高，不再时不时地找借口要铲了它们。每次回家，看我围着花草转悠，她也会凑上来点评一番。父亲呢，叉着腰，站在一旁看着我们笑。

抬头看天，有雁群横着飞过。哦，已是寒露。脚边的菊花们正恣意地开放。我的眼前，突然闪出一幅画来，父亲和母亲正各自拾掇着。一个，揪揪枯叶；一个，摸摸花朵。

岁岁重阳，今又重阳。秋意已浓，鼻尖，有清香拂过。

愿有岁月可回首

“哇哦，快看！”女儿突然惊喜地叫了起来。

我双手握紧刹车把，左脚点地，“小绿”稳稳地停了下来。原来小路左前方的野地里盛开着一片蓝色的波斯菊。惊喜不已的女儿连蹦带跳地下车采摘了一束，插在车篮里。

低头，抬腿。“别动！”刚准备踩下，女儿又是一声大呼。趁我愣神的当儿，她早帮我拍下了几张照片：“这个样子好酷啊！我也要骑！”

“好啊！”看她兴奋的模样，我忍不住笑了。这丫头，整天坐在汽车里，哪里有机会体会到这样的快乐呢？她不知道，她的母亲对单车情有独钟呢。

也许年岁渐长，面对满街穿梭、鸣声此起彼伏的各色车辆，我总忍不住轻叹。每天清晨推出那辆半旧的单车，笑意便在心头荡漾，直漫到眼角眉尖。我喜欢那车轮轻压路基的沙沙声，喜欢那车铃悦耳清脆的叮当声，喜欢那时光深处御风而行的欢笑声。

也许是受够了徒步上学的辛劳，或许是羡慕御风而行的潇洒，十岁那年，看到邻居哥哥每天踩着自行车上学，我的心底便暗暗下了学骑车的决心。母亲担心小孩子骑车伤力，把车送到了舅舅家。我便使出十八般花招儿，又将车从舅舅处骗来，藏在了邻居屋后的草垛边。每天放学后，母亲收工回家前，我总要偷偷练上一会儿。磕磕绊绊中，我学会了套杠，不久又学会了载人。等到母亲决定让我学骑车时，我傲娇地载上弟弟稳稳地上路，直惊得她笑骂：“这个野丫头！”

有车可骑的日子多惬意啊！打着响铃，吹着口哨，单手或者双手脱把，那笑声便激荡了整个天空。乡间的小路上，我们七拐八弯，风一样前进，不用担心前方会有卡车驶来，也无须注意旁边会有轿车突然袭击。偶尔有一辆拖拉机，“突突突”声还未近前，我们早就窜得没了影儿。抬头，天是蓝的，云是白的，四周是大片的绿，满眼都是青春和少年。

单车上，我们悄无声息地成长，不知不觉，富足而饱满。

后来，出外上学，来去坐了汽车。看着窗外一闪而过的树木房屋，熟悉的一切便恍惚成了陌生。眼前是淡漠的面孔，眉飞色舞地八卦，我唯一能做的，只是长久的静默。

只是我没想到，暑假时，我的父亲竟然骑了自行车去学校接我。因为是自行车，便没有了固定的路线，穿过了灼热的柏油路，我们选择了捷径。一顶凉帽，一壶凉白开，父亲载着我穿过坑坑洼洼的乡间小路，越过一道道水泥桥梁，一路向北，向着家的方向飞驰。时间长了，我便换下父亲。可总也骑不了几里路，父亲便又雄赳赳气昂昂地将自行车蹬得飞快。一百多里的路，就这样，在我满心的惊喜中成了不堪一击的数字。

单车上，原来可以载一段时光，让温情流淌。

现在，看着女儿笨拙地骑着单车，我不禁莞尔。曾几何时，只顾了每天穿梭在匆匆的人流中，埋首于如山的作业堆中，耽溺于舒适的小轿车里，竟忘了这心爱的单车，忘了这路边的蓬勃，忘了这单纯的快乐。

“丫头！”我叫停了她，“该还车啦！”“好吧。”女儿嘟着嘴停了下来。

“咱们买辆自行车吧，这个暑假！”我歪着头对她做了个鬼脸。“真的？我们一家三口一人一辆好吗？”听了我的故事，女儿满眼闪光。

可以啊。为什么不呢？这个暑假，让我们一起跨上单车。

愿有岁月可回首。

爱，不要自以为是

开饭了。想着今天的韭菜偏老，炒百叶时又放多了盐，色相尚可，吃口实在不怎样，于是筷子便不停地伸向韭菜炒百叶。

忽然，先生低低问了句："也给我们留点儿嘛！"看着残留在盘底的韭菜百叶，我豪气干云："这个难吃，好吃的留给你爷俩！"女儿挑起几根韭菜起劲地嚼，撇撇嘴："这个挺好吃！"

"我以为……"还没来得及解释，先生白了一眼："又是你以为！"我一愣——这句话已多少次回荡在我的耳边了？就像今天，我满心里自我牺牲，把自认为好吃的几个菜留给他们，没想到非但不领情，还换来了埋怨和误解。

我忽然心惊。谁说不是呢？每次爷俩异口同声"你以为"时，我还感动于自己的无私奉献，殊不知，原来是我错了！

一股尴尬的气流在餐厅里翻滚着，谁也不说话。我赶紧接过女儿的话："明天还炒韭菜百叶！""哈哈，多炒点儿！"

不由得想起张德芬父母的故事——两个好人却没有好的婚姻。她的母亲总以为做一个好妻子就是做可口的饭菜，将家中擦洗得一尘不染，于是每日里勤勤恳恳地劳作；她的父亲，认为好丈夫就是兢兢业业工作，让妻子儿女有钱花，于是终日早出晚归。可是，两个好人却从未感到幸福，一个常在无人处默默垂泪，一个总在夜深时独自吸烟。两个人都在用自己的方式爱对方，总以为这是给对方最好的爱，却不知道，这不过是自己的一厢情愿。幸好，张女士及早醒悟，从母亲的复制中走了出来，懂得了如何爱对方，也更好地爱了自己。

这个故事多年前就看过，也曾被深深触动过，但可怕的是明知故犯，同样陷入这样的怪圈。在对方看来，这何尝不是一种自私，一种以自我为中心？如果换位思考一下，多考虑哪怕问一问对方是否愿意接受，结局是不是有可能相反呢？

想到这里，突然失笑——我想起了前段时间婆婆的突然造访。那一天，她大包小包地拎了一堆蔬菜从百里外的乡下赶了过来，来不及歇口气，就在厨房里忙活起来。我被晾到了一边，想帮把手，她大着嗓门："你去忙你的！"我晕，最忙的工作已结束，这两天我有大把的时间好不好？

她不管。今天包饺子，明天炖骨头汤——"孙女期末考试要增加营养呀！"厨房里乒乒乓乓煞是热闹，一会儿问炒这个菜好不好？一会儿说今天这个你一定喜欢吃。她一边忙活一边还担心着，这两天要卖大白菜，老头子一人在家不知几点才能吃饭呢。我说："要不你回去吧，别两头不着实，这两天我最清闲了。""哎，这哪行？你看书写东西呢。"我又说："不写，你看我在玩手机呢。"

她不答应。她不知道，她不停地征询着意见，正在背诵讲义的宝贝孙女精力已经集中不了；她更不知道，吃完饭她看电视时快活的笑声已成功勾起了孙女的好奇心……

等女儿考完最后一门功课坐到饭桌前，她却连午饭都没吃便急着要去车站——得赶上上午最后一班车。家里早就乱套了吧？她终于还是急急忙忙地回了乡下。我也终于松了一口气，重新收拾厨房，一切恢复了原样。

我不埋怨她，如果这样做能够让她心安——她在用最原始的方式表达对子女的爱，我也正这样做着。只是今天才发现，原来我默默排斥的这种自以为是的爱，正在我的生活里周而复始地上演。

一顿沉闷的午饭换来一个了悟，值得！爱，从此，不再自以为是。

我的手机不关机

记不得从哪天起，我的手机就一直开着。虽然它的使用频率并不高，只是和亲人、朋友及同事进行必要的联络，只是上网看看新闻。可是我还是固执地开着，一天 24 小时，一年 365 天。

因为从未关机，所以有了很多未预约的美好。

去年冬天，周五，晚 11：45，将眠未眠之际，铃声响起。拿起，接听："呜呜呜——我怕！"似乎是盐城方言，夹杂着哭声。我猛一激灵，赶紧回了句："宝贝别哭，你叫什么呀？"小男孩呜咽着说了好几句，我却一句没听懂。先生也醒了："你让他讲普通话。"也许有人说话，小男孩的哭声渐渐小了，告诉我，他 9 岁，妈妈出差好多天了，爸爸出去吃饭还没回家。我告诉他打错电话了，他又哭了起来："我想爸爸，我害怕……"孩子一定忘记爸爸的手机号码了。我安慰他："你真勇敢，一个人在家这么久。没事的，你拿着手机看看门有没有锁好？窗户都关了吗？把窗帘拉起来。打开电视看看，实在困了就先钻到被子里睡觉，把床头的灯打开……”那边悉悉索索地响了好一会儿。“我现在不那么害怕了，谢谢你！”最后，小家伙抽着鼻子说，“阿姨，再见。”睡意全无，只好看电视。先生笑：“让你不关机，活该！”我也笑，有什么不好？

暑假里，婆婆一直病着。一天凌晨3点多，铃声突然响起，我一看是她的，赶紧跑去她房间。她正半躺在床头，脸色苍白，似乎呼吸也很困难。我赶紧倒杯开水给她喝下，抹抹她胸口，再扶她躺下。一会儿缓过劲儿来，她说：“忽然很难受很难受，小卫手机打不通，如果你的也不通，就是倒在房里也说不定。”我心里一酸，说：“你放心，我的手机从来不关，有事情先拨我的号。”

有时候也会闹笑话。前段时间，忽然收到一条短信：“小妹，我已到X车站，东西挺重，快来接。老姐。”我正无事，想想回了句：“你谁？发错号了吧？”谁料那边怒气冲冲回：“我是你姐！快，累死了！”不好，那边的妹妹看来不知道姐姐来了，我再回：“对不起，你再看看是不是发错了，我是江苏人。”这下老半天也不见信息了。同事玩笑：“回啥回？让她生气去。”我又笑。

有时，我也会收获意外的惊喜，比如某天突然会有个不熟识的编辑给我打电话。正奇怪着，她会立即解释，是通过某某编辑找到您的号。这不，前天上午有个吉林的未接电话，因为从未和那边有过联系，也没上心。中午，电话又来了，原来是《小学生阅读报》的主编李老师。我一愣，什么报纸丛书的创意竟然来征求我的意见，还给我留下了联络方式——我一个草根教师，算哪根葱？不过后来想想倒也自我陶醉了一番：这回找我的可不是小编辑哦。

当然，也经常少不了骚扰电话。会有几个深夜，突然铃声响那么两三声，时不时也会冒出一堆乱七八糟的广告，但那也不会影响我的心情——惹不起我还躲不起吗？

看着自己那只素净廉价的白色手机，我很开心，我知道它亦一样开心，因为它知道，虽然手机品牌、型号琳琅满目，功能越来越多，但总有那么一个人，那么一群人，喜欢并使用它、珍惜它，且让它最大程度地发挥出自己的潜能。

所以，我以后仍然不会关机。不为别的，哪怕就为了那些不期而遇的美好，我也应当让它永远开着，一直到它没有信号……

善待婚姻

同事小 W 心情特差，原因很简单，丈夫说，有本事你就别回来。

听着心里也怪怪的，本来鸡毛蒜皮的小事，何苦搞得温温馨馨的小家庭到处火药味？

是的，工作很紧张，我们都有切身体验。早七点到晚七点，神经绷得紧紧的，回到家还要马不停蹄地做家务、陪孩子，少了诗意浓浓的闲暇时光，缺了温情脉脉的促膝谈心，失了茶香袅袅的读书空间……

可是，亲爱的，这都不是你们战争的理由。也许，你言之凿凿，事业、孩子、油盐酱醋锅碗瓢盆，累了一整天，他却有了空闲就游戏，我也少有抱怨。是的，你是好女人，是勤劳且辛苦的好妻子。若是我，定会好好珍惜。或许，你也会振振有词，辛苦工作，成绩斐然，家务亦不借故推托，孩子我还接送，也只得周末才有三五好友小聚，她却电话连连，唠叨不休，你亦鲜有责怪。是的，你亦是好男人。若是我，也必倍加珍重。

可是可是，亲爱的，你们有没有想过，婚姻是一门学问，也是一种艺术。它不是一味的迁就和妥协，也不是无限的奉献和索取，亦没有绝对的是非对错。它不在天堂，也不在地狱，它食了太多的人间烟火。

是的，当初你们从光芒四射的爱情步入婚姻殿堂，寄托的希望太多。你望他温柔体贴、事业有成，还成熟稳重有责任心；你盼她美丽动人、善解人意，还出得厅堂入得厨房。可婚姻这只舟，载不动那许多的希望。在许许多多的普通人家，它已被平淡无奇的生活磨得只剩下一个湿润的词——日子。所以，你们的梦想落了空。也因此，有时会因为如何对待老人和孩子，抑或因了一件不在意的小事，甚至一句无心的话语，各自在心底纠结，不言语，却在揣度对方应该是了解自己的，不应该忽略我的想法。于是，一场冷战甚或一次角力拉开了序幕。

殊不知，婚姻不同于爱情，不再是恋爱时节“真亦假来假亦真”。“有本事你就别回来。”小 W 觉得老公抓住了自己的死穴，刻意欺辱——母家千里，何处是家？其实，何不退一步理解：每天早出晚归，风风火火忙忙碌碌，丈夫这是在埋怨你单位的作息苛刻呢？人生弹指一挥间，能彼此同行一程已是一种幸运。我们应当学会记取善良，莫被自己的无端猜测遮蔽了双目。所谓“长相知，莫相疑”。

婚姻需要宽容，更需要沟通。无论是男人还是女人，给婚姻一个通道，才能触摸并把握住婚姻的脉搏。普天之下，如我辈凡夫俗子诸多，真正能始终心意相通者几何？喜欢这样几句歌词：“就算有些事烦恼无助，至少我们有一起吃苦的幸福。每一次当爱走到绝路，往事一幕幕会将我们搂住，虽然有时候际遇起伏，至少我们有一起吃苦的幸福。一个人吹风只有酸楚，两个人吹风不再孤单无助……”

只有如此，女人才会心情开朗，充满自信地面对生活；男人才会自由奔放，心情爽朗地迎接风雨；家庭才会成为永远迷人的风景和憩息的港湾。

让我们善待婚姻。

暖暖的问候

年初八，村子里一下子便冷清了许多。

节日里鲜亮的色彩已褪去张扬的喜气，渐渐被忽略。大多数上班族早在初三四就已匆匆返岗，外出务工的人也收拾捆扎齐整，踏上远去的列车。“噼噼啪啪”的鞭炮声虽然还没有完全消散，但已是零星可闻。

我们也打点着准备返城。今冬寒气尤甚，门前屋后的蔬菜都蔫儿了吧唧提不起精神。往年葱绿的小青菜冻坏了根，并不算太娇气的豌豆苗儿索性消失得无影无踪，很是让春节期间吃得胃里冒油的人们伤脑筋。幸好大蒜还算争气，一副乐天派的模样。哈一口热气，我挖了满满一筐，找个避风的角落拣择。

正满手泥巴的，忽然手机唱了起来。呵呵，该不会打错了吧？这不是还没到上班时间吗？同事朋友都有微信，还有谁打电话？不理他，我继续拣择黄叶。可是，不一会儿又响了起来。真烦！赶紧擦净手掏出手机。我一向不喜欢接陌生号码，一看并无标记姓名，于是直接挂断。可是那边却不依不饶，紧接着又响了起来。好吧，接一个。

“喂，您好——”我还没说完，那边便迫不及待传来：“你是陈老师吧？”哦？看来不陌生呀。“是啊是啊，请问你是谁呀？我手机没存你的号码呢？”我一边应付着，一边迅速在头脑中搜索，声音清脆响亮，听着不像成人，可男生女生却又分辨不出呢。

“你猜！”那头嘻嘻一笑，很调皮。没等我反应过来，那头又笑起来了：“还记得不陈老师？我送给过你一棵桃树的。”

哦哦哦，是小奕斌！眼前立即闪出一个机灵的小男生来。“记得呀，怎么不记得呢？那一次你爷爷买了两棵桃树苗，你送了一棵给陈老师。我一回家就栽了，没多久就开了四朵粉红的小花儿呢。”

听到我一下子就猜出了他，小奕斌很开心，唧唧呱呱地祝福我。哦，不是小奕斌了，如今人家可是六年级的男子汉了，下学期就初一啦。“哎呀，陈老师你在北边啊，我应该在南校区上学呢——”

放下手机，心中暖暖的。一眨眼五年了，小伙子还和当年一样吗？还是那个圆圆的脑袋、光溜溜的脑门儿、圆圆的大眼睛、圆圆的小嘴，喜欢和我说悄悄话的小男生吗？现在已经长得比我高了吧？那一帮小娃娃们一个个都长大了，在街上遇到了，我应该已经不能清楚地认出了吧。或许，他们也会像陌生人一样与我擦肩而过吧？

又记起那棵小小的桃树苗。我没有来得及告诉他，第二年，小区整治花圃，那棵已经开得灿烂的桃树苗被清理了。但我相信，小奕斌也不会失望的，他还记得，我也还记得。那棵桃树，那些桃花，永远开在了我们心间呢。心中若是有桃花，何处不是春满园？就像我，还记得到启平校区交流的那一年，那个有点儿小马虎的心仪姑娘，学习了“桃花杏花梨花”后给我捎来了桃花枝，后来又给我折来了梨花枝。也不记得是从哪里捡来的一只废弃的搪瓷缸，我注了清水将它们养了起来。那一年料峭的春寒里，因为那几枝鲜艳的桃花和梨花，简陋的办公桌和背阳的办公室洋溢着浓浓的春意。

刚放下手机，微信又在闪烁。原来，我的班级读书微信群的孩子们上传了一张张读书照片。这是一群花样年华的少年，我和他们偷偷约好了，寒假里大家读一套特别有意思的小说，但不在考试范围之内。看着那图片中圈圈点点的批注和颇有见地的点评，我回了他们一串大大的笑脸和拥抱——我知道，这是他们用另外一种方式在向我问候呢。

想到这里，我悄悄地笑了。何其幸运，我的记忆中，除了亲人朋友同事，还有这群可爱的孩子。不管是烂漫幼童还是青春少年，那些曾经，总被我筛选留存。那一幕幕的美好，小到一声暖暖的问候，都会成为我手边一根柔软的绒线，越拉越长。

然后，我将它们绕成团，编成一件记忆的毛衣，温暖一生。

第五辑　梦里常在画中游

叶笛

天气越来越暖和了，一切都变得那么活泼可亲。天是粉粉的蓝，几丝流云若有若无地从太阳身边绕过，忽然就不知藏到哪里去了。阳光下，大片大片的绿正恣意地攻城略地。

在这样绿遍原野的乡下，那些深绿、翠绿、浅绿，还有些泛着鹅黄的绿，让这初春的二月平添了几多喜悦。

在这融融的绿意里，除了啁啾的鸟鸣，更多的是我们的笛声。

是叶笛呢。我们不屑吹那一管竹笛，虽然它很轻巧漂亮，也便于携带，而且吹起来宛若世外仙人。

可哪怕是一支最简陋的竹笛，也是需要节省许多日的零花钱，若是要得到一管上好的，那是远远不能够的。我们喜欢那遍野的绿叶，散发着淡淡的清香，还有太阳的味道。

那些绿叶一点儿都不娇贵，田野里，沟渠边，随处可见。只要是片叶子，随手一拈，总有人能把它吹响，但要吹出婉转的歌来，还是要选那种薄薄的，且叶面光滑的绿叶。

每日放学归来或是周末挑猪草回家的路上，我们总会吹响叶笛。先要选合适的叶子。选叶很有讲究，不能选那些老的叶子，但是也不能太嫩，叶片要越薄越好。吹奏时，可以用两手分别持叶片两端，或一手用食指和中指分开，按叶片于唇间，吹气使叶片振动发音。也可以不用手协助吹奏，直接用双唇把硬度、弹性合适的叶片夹住，口型就像从前姑娘含口红纸一样，含紧叶片不能有缝隙，然后均匀用力向外吹气。这样吹出来的音色明亮清震，近于唢呐和小号。还有别出心裁的伙伴会将叶片对折吹，或是将两片叶子一起含在唇间，也能吹出好听的调儿来。

我们最喜欢槐叶和柳叶。

站在树下，任意采一片饱满的槐叶含在嘴唇间，那悠扬的声音便汩汩流淌起来。那颤颤的音调，仿佛微波轻轻荡漾，一圈圈涟漪缓慢而有规律地向花香草绿的岸边荡开，然后慢慢消失。那一刻，透过树叶间隙向上看，天空就像睁着无数蓝色的眼睛。在这样的笛声中，我们把整个身心安顿在歌谣里，世界好像为我们打开了一扇神奇的大门，我们似乎看见了另一个灿烂的春天。

我们也经常吹苇叶笛。苇叶笛的制作稍微烦琐一些，需要选一片宽宽的长苇叶，一圈圈逐层围成筒状，然后将苇叶筒压平，放在嘴唇间吹奏。这样吹奏的乐声可以清亮，也可以浑厚，取决于苇叶的长短。

有调皮的，会将芦苇的嫩芽拔出来，小心翼翼地抽去最里层的芽芯，只留下那些深浅不一的圆锥状嫩叶。这个时候，只需把中空的苇叶牙噙在嘴里轻轻吹气，便会发出“呜呜”的笛声。姥姥不允许我们拔苇芽，说苇叶笛一响，藏在芦苇根的蛇就会听着声音跟随你，再游到家里去。我们虽然也担心着，但毕竟谁也没真见到有蛇出现在身后或家中，渐渐地便更加放肆起来。小小的少年，哪里知道农人的爱惜之意呢？

据说，最初，吹奏叶笛是用来传情递爱意的。《云南通志》里有一段记载说：“少年子弟，暮夜游行巷间间，吹芦笙或吹树叶子，声韵之中，皆寄情言，用相呼召。”

我们才不管这些呢，大家只是喜欢，便吹了。大多孩子只能吹奏出单调且短促的声音，只有那些经常练习，甚至练得双唇酸痛的小伙伴，才能吹奏出动人的乐曲来。不过谁也不在乎，吹不成歌曲，那我们就模仿各种鸟鸣声，吹出一个活泼的春天。

劳作的乡亲们，每每听到此起彼伏的叶笛声，便会直起身子，会心一笑。在那欢快的叶笛声里，在那碧绿的麦浪中，他们听到了明媚的春光，也听到了金色的盛夏。

春天，想念一种味道

不久前，读到叶圣陶先生的一首诗《春天不是读书天》，深有同感。多好的日子啊。春天，燕雀呢喃，杨柳依依，香草鲜花勃发，暖风熏得游人醉，真真是良辰美景！

这样的时光，若是一个晴朗的下午，一定是要出去放放纸鸢的。看那长长的一根细线，牵扯着童年的心愿，飞上去，飞上去，直飞到了无羁绊，肆意畅游。如果是一个春雨濛濛的清晨，这也不打紧的。晓看红湿处，这又是一番别样的景致呢。瞧那带露的朵儿，丝绒也似的花瓣，那是怎样的娇羞欲语呀！旁边高树间一忽儿便有了“啾啾”声，一定是调皮的小麻雀忍不住憋闷，偷偷笑出了声吧，是啊，这样的香气，这样的迷蒙，怎舍得躲藏起来呢？

这样的春天，的确不应该是一个只读书的天！这样的时节，是应该在劳累之后，在学习之余，踏上一条小径，也许是充满泥土味儿的乡间小道，或许是铺满鹅卵石的花草香径，走一走，看一看。再或者，跑到无边的旷野，在草地上打几个滚儿，在花荫下小憩一会儿。甚至，去田间、沟边、垄头，挖几棵野菜，摘一束野花，拔一把茅针，打几粒桑葚。

这样想着，我们便挑了一个阳光融融的周末驱车到郊外。那长长的沟渠边，曾经长着密密匝匝的茅草。三四月间，茅草初生叶芽后，还处于花苞时期的花穗（学名谷荻）遍地都是，近处看，就似一根根银针插满土坡呀。哎呀，说到这里，竟满嘴生津了。小的时候，春天里的我们没有一点点零嘴儿，这甜丝丝的茅针便是我们的美味。

啊，茅针！那些密密麻麻的小家伙们可爱极了，单嗅着那略带青涩的甜味儿，就可以让一个个小人儿迫不及待了。我们做哥哥姐姐的却也能忍得，总是先拔上一大把塞给小馋猫们，然后才比赛似的忙起来。好家伙，那一双双小手像穿花的蝴蝶，不停地穿梭着，间或还飞快地往嘴里塞上一根。更有定力好的，拔了一大把茅针，塞得袋子满满的，往家赶的时候，会一路走一路剥皮，把许多的茅针肉揉成一团，一口咬下去，呵，别提多带劲了，韧韧的，甜甜的，满嘴里的汁水儿。奶奶说：茅针是个好东西呢，清明前吃茅针可以明目，如果吃不完，茅针空放着隔夜吃了会耳聋，需要用小皮筋捆着放在水缸里养着，第二天再吃，仍然水灵灵的。

拔茅针有时候也会遇到危险。有一次上学的路上，几个小姑娘忍不住嘴馋，一边念叨着“就拔一小把”，一边冲向河沿。谁知还没拔几根，萍就“哇——”地大哭起来，遇见鬼似的跳到了我的身后，双手不停地乱甩。我胆儿还算大，朝前一看，妈呀！一条蛇正慢悠悠地在茅针上游走呢。顿时，几个小丫头飞也似的奔上大路，茅针全扔了——被蛇游过的，谁还敢吃？不过，我们过几天就忘了这样的危险，谁能挡得住那甜甜的茅针的诱惑呢？

每天放学后，我们总要撒开脚丫跑——得赶紧拔一把茅针，可不能误了做中饭。如果碰上哪天中午有人请吃饭，那可就是天大的喜事了。不过唯一不要回家做中饭的那一次，却是我最伤心的一天。那天婆婆一大早就来告诉我们，中午去她家吃饭，我和弟弟乐得跳老高。等到一起拔茅针的小伙伴们一个个都回家了，我们仍然喜滋滋地蹲在离家不远的小沟边，直到全身的袋子都塞不下了，才意犹未尽地往家荡。

谁知，几个星期才回家一次的爸爸不知怎的，竟然出现在门前。一直以我为傲的爸爸一定气坏了，还未进门，他就操着个芦柴棒一把拎住我，边抽边说："你妈到现在还在田里干活，你竟带着弟弟拔茅针！200米的路整整走了半小时，还得了！"只等到爸爸实在不舍得再抽时，倔强的我愣是忍着没掉一滴泪，等到奶奶崴着小脚赶来时，我才号啕大哭。尽管爸爸后来拧着湿毛巾帮我擦脸，吃饭往我碗里夹菜，我都没有朝他看一眼。一直到现在，爸爸有时还取笑我："就你死犟，只要稍稍分辩一下，我还舍得打吗？"

想到这里，不自禁地，我的眼睛竟湿润了，揉揉眼，蹲下身子想找一根茅针，可是哪里还找得到呢？女儿失望地看着我，河沿上栽着油菜呢。再往远处走，有些杂草，还有烧焦的痕迹。我的小河沿，我的茅针，再也看不到了吗？

"没事的，孩子，"我站起来指向不远处，"瞧，那边有几棵桑树，清明后不久，我们来摘桑椹，保管你吃到牙齿发软！""真的？"女儿不相信。

怎么会不真呢，孩子。因为，我比你更想念那种味道。

蚕豆青青滋味长

清晨买菜，远远瞅见一个大妈的摊儿前铺了一地翠绿。是蚕豆呢。

欣喜地跑过去，蹲下，挑拣。一只只豆荚色泽鲜亮，饱满圆实，安安静静地躺着，真像一个个肥嘟嘟的绿蚕。不知怎的，一股久违的清香突然窜入口内，那种糯糯的、粉粉的感觉，瞬间将舌苔层层缠绕。

《天工开物》记载："蚕豆，其荚似蚕形，豆粒大于大豆。八月下种，来年四月收。"古人给它取名蚕豆，真真形象生动。

在乡下，很少有人家专门辟出一块地种蚕豆。可它从不计较环境，只要有一点儿泥土，田头垄边，房前屋后，沟渠岸坡，树下草间，到处可以长得蓬蓬勃勃。看到它，便让人不由得心生欢喜。

对我们乡下孩子而言，蚕豆亲切得就像邻家姐姐。它不如同类的豌豆纤巧，也比不得油菜的妖娆。它的叶是淡得发白的绿，总是一簇簇攒聚着，即使开了花，也是小耳朵一样，紫色里还夹着黑点，毫无香气，显得土里土气。但即便如此，我们还是喜欢它。

每年秋天，只要得空，母亲便会在兜里放几把早就备好的蚕豆，提着一只小锹在农田的边边角角点种。有些养了蚕的人家会在桑树行间种蚕豆，也不用担心阳光是否被遮挡，或是营养不够。

待到第二年春天蚕豆长得半尺高时，母亲会让我们将蚕豆的嫩头割下给猪吃。肥厚的叶片，嫩嫩的茎，猪们吃得欢，我们也开心。因为这说明，过不了多久蚕豆就会开花，然后结荚。

等豆荚饱满了，它一下子就成了人们的宠儿。那时候，农人们逢年过节才舍得称几斤肉，平时我们也没有零食，但青蚕豆一上市，情况可就大不同了。

当青蚕豆发出淡淡清香时，母亲会摘下豆荚剥开，用针线将青蚕豆穿成串，一挂一挂地排放到铁锅里煮。每当此时，我们便会围着土灶眼儿巴巴地望。好容易听到“咕噜，咕噜”声，蚕豆的香气早已在厨房里弥漫开来。母亲便捞出蚕豆串，但并不急着给我们，而是先放在水盆里浸一会儿，然后才捞到竹筛里。等水沥干，我和弟弟便各人拿起一串挂在脖子上。

这不是我家的专利，村里的孩子几乎人手一串蚕豆。有了熟的蚕豆，我们反而不急着吃了。大家会聚在一起，看谁家的蚕豆肥硕，闻哪家的蚕豆更香。然后一个个便小和尚似的，一边挂着蚕豆串，一边在村子里晃悠。等炫耀够了，我们才小心翼翼地拽下一粒蚕豆塞进嘴里。啊，那软软的蚕豆又粉又糯又香，简直比肉都好吃呢。

除了白水煮蚕豆，妈妈还会给我们做蚕豆炒蒜苗。她将蒜苗切成寸段，下锅煸炒至外皮皱起再倒入蚕豆，加少许清水和盐焖一会儿。因为嫩蚕豆炒过之后会有一点儿青涩味，起锅时母亲还会加少许白糖，这样做出来的蒜苗炒蚕豆吃起来鲜嫩润滑，我们总能比平常多吃半碗饭。

不过十来天左右，再剥开豆荚，蚕豆的外皮就会渐渐发白，月牙一样的芽嘴也从开始的浅绿变为黑色。这个时候，去皮之后的蚕豆瓣已经绿中带黄，母亲偶尔会用它来烧蛋汤，大多时候是和着韭菜一起烧汤，吃起来同样鲜嫩爽口。

虽然还没到端午，可母亲总会忙里偷闲裹几只新鲜的蚕豆瓣粽子给我们解馋。有了蚕豆米的粽子黏糯中更带着一份鲜香，我们等不及凉透就大口咬，吃得直赞叹。母亲不吃，坐在一旁看我们猴急的样子，笑眯眯地说，“慢点，别噎着”。

成熟的蚕豆晒干后，母亲会细心装袋贮存到家的柜子里。等地里青黄不接时，干蚕豆又该登场了。母亲会将蚕豆炒熟，放入事先调好汤汁的大碗里，然后把另一只大碗盖在上面。傍晚，一家人坐在院子里，围着小方桌，就着蒜泥香的蚕豆喝凉粥，真是一种享受呢。

晒干的蚕豆也可以烧出鲜美的汤。母亲会提前一天把蚕豆泡在盆里，等蚕豆饱胀起来，就可以把外皮剥开。这时的豆瓣虽然比不上春日的嫩豆瓣，但用来烧豆腐或者煮蛋花汤，那种鲜香依然是别物不能及的。

现在，用蚕豆做菜的花式越来越多，口味也天南海北，但吃在嘴里，总觉得不如母亲的蚕豆让人回味悠长。

童年滋味

小时候我特馋，借用汪曾祺先生的话，是个“有毛的不吃掸子，有腿的不吃板凳，大荤不吃死人，小荤不吃苍蝇”的。

一

上学前，妈妈常常把我扔到姨妈家，一待就是十来天。五岁那年夏天，我又到她家作客。三个表姐和小表哥都放了假，我整天乐颠颠地做跟屁虫。

一天晚上，姨妈煮了一大锅玉米粥，黏黏的、甜甜的，就着腌黄瓜和咸鸭蛋，“呼——哧”一大口滑下肚，简直是赛过神仙。粥不太浓稠，一眨眼我就喝完一碗，临了还不忘伸出舌头把碗圈了一遍——得了，这下不用洗碗了！

看着我巴巴地盯着表姐表哥，姨妈又给我盛来一碗，也许是人多抢食，或者是这粥太香甜，表姐表哥也添了碗要继续吃。看我吃得认真，平时爱说笑话的姨父突然一本正经地说：“你们几个小崽今天要吃饱喽，明早不煮早饭！”我一听慌了，一边瞟着表姐表哥一边大口喝，油汪汪的鸭蛋黄也顾不上了。

结果，小小的我喝了整整四碗粥。据姨妈讲，那天晚上可把她吓坏了——喝完粥后，我揉着圆滚滚的肚皮直嚷肚子疼，根本不能躺下。一大家子陪着我在星光下找萤火虫，好容易挨到我撒完几泡尿才敢安心睡觉，姨父也因此被数落了几天。直到现在姨妈提起这事就笑，笑我是个小馋猫，那顿晚饭她和姨父根本没吃饱。

二

等到上了学，吃的品种可就多了起来。除了家中存放的馒头干和妈妈偶尔炒的花生、葵花籽，我更喜欢那些“野味”。

清明前，沟渠边遍布茅针银针，我和小伙伴们上学放学必拔得满满几口袋。我们还发明了花样吃法——把剥好的嫩芯揉成小球藏着，课间可以美美地吃上一粒。那些吃不完的，便用橡皮筋束着，放到水缸里养着，据老人讲，茅针不放水里不能过夜，不知为什么。

夏天，在沟渠边的芦苇丛中，我们经常会发现一种奇怪的植物缠绕着粗壮的芦棒，掐它的茎会有白浆冒出，苦苦的、涩涩的。不过它结出的果实真不错——一个个梭子般挂着，随着芦苇在风中晃荡。我们勾住芦苇轻轻一拉，用力一扯，每次都能摘下十几枚。因为剥开满是疙瘩的皮，里面便是白茸茸的毛，果肉藏在里面，小孩们都叫它“毛萝萝”。我们喜欢连毛带肉塞一嘴，甜丝丝的，可解馋呢。只是，近几年回乡下跑遍了沟沟坎坎，却难觅踪迹，就连昔日高歌猛进的芦苇也逐渐缩小了包围圈。

有时候实在没啥可吃，我们还会钻到棉田里找那些嫩嫩的棉桃。把碧绿的棉桃皮剥开，里面还未成形的棉花呈肉质状，咬在嘴里嫩而多汁，甜中带点儿涩，我们也能吃得津津有味。不过我们不敢多吃，被父母逮住了要好一顿打——我们吃进去的可是能卖钱的棉花啊！

三

我吃得最嘚瑟的是鸭蛋换来的棒冰。

那时候，想父母给一两毛钱买棒冰，简直就是要太阳打西边出。看着几个小伙伴把红的、黄的棒冰含嘴里，舔得滋滋作响，我和弟弟只好口水咽了又咽。

野性子的我喜欢乱晃悠，不知哪一天，我突然瞅见河沿边似乎有几个白色的小圆球，便冲了下去。这可把我乐坏了——密密的茅草丛里躺着两只白白的鸭蛋！想着究竟是谁家的鸭子乱生蛋，主人一定会来寻，于是又怏怏地上了岸。

第二天中午上学时，我鬼使神差地故意提前了几分钟去学校。不知不觉就又拐到那条小河边。奇怪，草丛里又多了一只淡青色的鸭蛋，这一次是生在水草间。看来是个没主的鸭蛋。我瞧瞧左右无人，便悄悄拿了一只揣进怀里，按着扑扑乱跳的心，一路小跑来到了学校旁的小卖部。哈哈，一只鸭蛋换了一支棒冰！那个透心的凉，那个甜到了心尖的感觉，到今天都忘不了！

后来，想着弟弟也没有棒冰吃，便一次捡两只。连续一个星期，姐弟俩每天都能吃上一支棒冰。不知是谁告的密，又或许是鸭蛋的主人终于发现了吧，下个星期再去河边时，什么也没有，只剩下一片茂密的茅草在河畔轻轻摇晃。我的“小偷”生涯也就此画上了句号。

四

等到四年级时，家里的状况似乎稍稍好转，秋天爸爸从外地回家时买回一筐苹果和橘子。这可乐坏了我们姐弟俩——现在想想，那些皱巴巴的小苹果和歪七扭八的丑橘子，应该是低价处理的吧——这可是村里小伙伴想都不敢想的享受呀！

可是妈妈已经数好了，规定每天只可以吃一个苹果或一个橘子。于是，我们每天便举着香香甜甜的苹果或酸酸的橘子一路吃到学校，那香味弥漫了整个上学的路。有时候看几个伙伴眼巴巴地吞口水，我也会大方地给她们咬一小口，或者分她们每人一瓣，于是我们的友情似乎更浓了。

一个月过去了，筐里的苹果和橘子也剩不了几个，于是妈妈开始偷偷地转移它们，骗我们说吃完了。弟弟回来到老地方找不到便作罢，我却不肯罢休，因为我明明嗅到苹果香嘛。

于是，我站定在房间中央一动不动，闭上眼睛使劲儿嗅——老僧入定大概就是那样吧？不一会儿，我便能准确判断苹果藏在哪儿，或是包在木头箱子里的衣服间，或是在五斗橱下的小抽屉里，或是躺在床底下的一只老坛子里——妈妈后来发现实在藏不住了，索性一股脑儿全给了我俩。

等苹果和橘子全部吃完了，小年儿也就快到了。只是我从来都没想过，妈妈到底有没有吃过一只干瘪的苹果或是一瓣酸酸的橘子？

…… ……

可是奇怪得很，成年后的我极少吃零食，偶尔给女儿买几次，她总是翻着白眼：“这买的啥？都是些老人食品！”呛得我无话可答。想想也是，满大街这边小吃那边糕点，中式西式，奇形怪状，口味各异，看得我眼花缭乱，却提不起半点儿兴致。偶尔看到超市里盒装的桑椹，虽然眼前一亮，却似乎又少了什么滋味。

哦，别了，我的茅针、毛萝萝们，我的野鸭蛋们……不知什么时候还能吃上当年的那些美味？

再也回不去的童年！

老渡桥

梨花风起，走过一条河。只为看一座老渡桥。

河面七八米宽，在乡下，算得上大河了。河岸本该已经齐腰的茅草被一层水泥封住了，平整光滑得怪异。河水还是原先的模样，清凌凌的，没有白色垃圾，也没有打着结的水花生，甚至没有寻常见到的绿色浮游水藻。几只麻花鸭不时在水里扑腾着，溅起一片水花，洒下了一河的碎金。

我捡起一粒小土块扔向水面，鸭们惊慌起来，“嘎嘎”地追逐着游向远处，突然想起当年和弟弟一起在这里捡鸭蛋的情形。那些年的夏天，只能用洗干净的盐水瓶装凉水喝的我们，偶然间发现，不知哪家的鸭，一不留神竟在这鲜有人来访的茅草丛里产下了一两枚蛋。那淡青色或者玉白色的蛋，多么令人惊喜和忐忑啊。一番挣扎后我们悄悄地把鸭蛋藏在书包里，然后到村小卖部换两根棒冰。哦，那夏日里的清甜，每每想起，似乎还在唇齿间流连。

河对岸是一片麦田，间或有几畦菜地。春风骀荡，麦浪一直朝着远处翻滚着，翻滚着，然后又退潮一般，朝这边涌过来。油菜花正没心没肺地开着，在春日的阳光下，灿灿的，霎是壮观。

老渡桥还在，只是剩下了半截。我过不去，久久地立在断了的桥面上。风拂过发梢，我伸手想抓住什么，却什么也抓不住。

长久没有人踏过，桥身已经斑驳，布满了青苔和尘土，水泥桥桩似乎裂了几道缝，插在水中，瘦弱得如同桥头潘爷爷家那头濒死的老毛驴。怎么突然想起潘爷爷呢？他早已不在了吧？不知从哪天起，那座低矮的茅草屋渐渐被齐刷刷的白色大棚取代。大棚身后是一片桃林，桃花已是稀稀拉拉的，嫩绿的叶芽布满了树枝，毛茸茸的，绿青虫一般，在残红间拱啊拱的，打量着这明亮的世界。

一只花喜鹊逆光飞来，落在不远处的一棵老楝树上。四周静悄悄的，只有新生的绿叶正在枝头招展。我默默地看向花喜鹊，它也正歪着脑袋看我，一会儿便从这根枝条跳到那根树枝，然后扑扇两下翅膀，飞走了。

只剩下这半截老渡桥，静静地立在水面。

哦，老渡桥，你一定是落寞的吧。是谁将你遗忘在这里？你是不是也如我一样，心底正流淌着一条浅浅的水流呢？是不是也正轻搅着一些美丽的往事、虚幻的梦境呢？

我记得，那些年的夏天，一汪清水在不停地流动着，从这头流向对岸的大渠，再流向无边的稻田。我们的小学校就在稻田南边，旁边还有一个小小的砖窑。

那时候的老渡桥就已经很老了，走在上面滑溜溜的，真担心一不小心会掉到深深的河水里。可这并不妨碍我们喜欢它。每天傍晚，散了学的我们并不急着回家。伙伴们会在小砖窑里先转一圈儿，看着那一码码垒得齐崭崭的砖瓦，便没来由地兴奋，似乎过不了几天自家便能住进大瓦房。有时候，运气好的兴许能得到一点儿已经上了油的黏土边角料。于是，我们便聚集到老渡桥旁边，用黏土做饼干，做香皂，做棒冰……玩累了，便轮流坐到桥头。渡桥和涵洞相连的接口是露天的，我们可以把脚伸进去。当清凉的水流过小脚丫时，我们就一边假装吃饼干棒冰，一边假装用香皂洗澡，快活极了。

记得有一次，阿玲的花凉鞋不小心掉到了渡桥肚子里，她急得大哭。几个大一点儿的孩子并不着急，飞快地冲到渡桥对面的水渠里，不一会儿，他们果真举起了那只花凉鞋。于是，我们便纷纷把自己的鞋脱下来扔进渡桥里，赶紧飞奔到对面“守株待鞋”，然后哈哈大笑。

“娟子，快，这儿的茅针可肥呢！”耳边仿佛有清亮的叫声。是萍还是兰？恍惚间，几个小女孩从桥下蹿了出来，坐在渡桥上晃悠着双腿，正整把地往嘴里塞茅针肉。鼻尖儿霎时传来一股清甜，不由得咽了咽口水。一望无垠的大地上，一个农人的身影也看不见。天还是那样蓝，水还是那样清，渡桥依然横在半空，只有身后桃林里不时传来阵阵的啁啾声。

不由得蹲下身。渡桥面上坑坑洼洼，早已看不出原来的面目。我不知道自己要在桥面上捡拾些什么。不是吗？那一个个洒落在桥面上的小脚印，早已被时光的洪流冲刷得无影无踪。那个曾经的小女孩，为了早些吃到脆脆的饼干，洗香香的澡，撒开了腿使劲儿奔跑。三十年了，她和她的小伙伴们一个个飞离这方窄窄的天空，马不停蹄地奔向远方，闯得晕头转向，以为自己早已忘记了童年的歌谣，忘记了故乡的老渡桥。

我以为，三十年，小村旧貌换了新颜，也足以改变一个人。却不知道，有一种乡愁自小便生了根。等终于有一天，你会发现，原来当年束缚你双脚的地方，早已成了心底封窖的陈年老酒，一旦开启，所有的味蕾都会跳起舞来。

幸好，还有这半截儿老渡桥。我想，再过三十年，不管我的小村如何变化，我依然脱不了这浓浓的乡土味儿，泥土的气息像烙印一般已然融入了血液，深入骨髓。

又见炊烟

多久没有回故乡了？记得也才离开不几日，却又觉得似乎已经离开了十数年。

人真是奇怪。就像久别的亲人、朋友，在电话、QQ、微信里有扯不完的琐碎，有时候明明见了面，却又逃也似的匆匆告别，难道就为了送上一两件物事或寒暄几句家常？我之于故乡，大概就是这样的一副情状吧。

乡愁，不仅仅是游子的专利。任何一个有关故乡痕迹的回忆都是一种剪不断的思念。趁着小闲，再回去看看。

初冬的阳光还带着些许秋阳的味道，灿烂着，却不张扬。母亲搬了小凳子在宽敞的前院里剥着棉花果儿。为着实在不能再下地干重活儿的缘故，母亲前些日子将田地租了出去，地里的棉花还未开透，也只好连根拔了回家。见我回来，她高兴得很，大着嗓门和我唠扯家常，间或轻描淡写地诉说着病痛。

乡亲们依然淳朴天真。见我回来，便陆陆续续前来说笑，取笑母亲不能总让闺女大鱼大肉的往娘家带，怎么着也要给孩子带些东西回家。放下大包小包，我也蹲下来剥，却听得心不在焉。说实在的，初一年级就住校的我，对于方圆几里的乡邻们早已陌生得如同路人。不见面时，他们的音容笑貌始终是我儿时的记忆，见面时，他们总夸赞着我曾经的荣耀——他们哪里知道若干年后的我如此平庸——我亦以幼年的痕迹留存在他们的记忆中了。

见我笨手笨脚，乡亲们笑，到底是拿笔的手啊。母亲分辩，小时候做事不晓得多麻利呢，时间长忘记了，说着便催我进屋陪孩子们。

孩子们正看着电视。我提议出去走走，或者到门前玩玩游戏。女儿雀跃起来，嚷着去田头野地散步。双胞胎侄女却撇撇嘴，地里有啥好玩的，到处是泥，外面也没东西玩，还不如看电视呢。

由着她们，我领着女儿出门。四处一片安静，偶尔看见一两个农人在田头锄草。午后的太阳暖融融的，柔和的光芒洒在广阔无际的田头。地里不少泥土新翻了，正等着点播小麦呢。油菜们安安静静地趴着，积蓄着力量，好和即将来临的寒冬抗争。

忽然想起小时候经常拔茅针的小河。于是一边拉着女儿跨过一条条墒沟，一边兴冲冲地讲述昔日贪玩晚归以致挨了板子的事。可小河呢？地还是那块地，河却不是那条河了！河床裸露着，只有一大片枯草在风中摇晃。记忆中，那几丈宽的河面，盛夏时一片葳蕤，深秋时便茫茫如白霜，藏满了孩提星星点点的梦呢。对了，若是还在，该是可以抽下雪白的芦花做扫帚了，或者砍下坚实的芦苇秆——往常这个时候，会有一个黑瘦的篾匠每天挑了担子过来。我们疯够了就会静静地站在他的身旁，看着他粗糙的大手如绣女一般，一眨眼的工夫便编出一只小巧的淘箩，或是大竹篮，或是结实的簸箕。我们还常常争论着，认定了这个篾匠师傅一定练过什么了不得的武功，否则怎能把当柴烧的芦苇秆变成这些好东西呢？

看着熟悉却又陌生的村庄，我似乎回到了二十多年前。我说，沿着这条河向北，原先有一个大大的晒场，秋天稻子收割后，我们每天都要帮忙翻晒稻草，那可是我们的乐园啊！翻筋斗，躲猫猫，爬草垛子比赛往下跳，每天满头满脸都是稻草，晚上回家也不怕大人骂。对了，我们有时候还在家门口翻晒棉花，比赛捉棉虫。坐在软绵绵的白棉花上，常常捉不到几条虫子就会倒下睡着了。等醒来，哈哈，先在自己身上摸，保准能找到好几条。

哦哦，真有意思啊！女儿小声叹道。是啊！天大地大，到处是开心啊。等夕阳西下，家家户户的烟囱上都升起炊烟时，我们便欢笑着从村庄的四面八方呼啦啦地往家奔——那炊烟升起的地方，是妈妈，是温暖的家！那个时候，整个小村庄，只有桥头大喇叭里唱着的歌能把我们的笑声比下去。可惜，我已经很久很久没有闻到小时候的烟火味了。

"妈妈，你看，外婆家！那是炊烟吗？我们也跑回家吧。"女儿忽地惊喜地叫起来。可不是吗？虽然只是淡淡的一抹轻烟，模糊得就似天际的一缕微云，我的心却倏地温暖起来，又潮湿起来。那一定是母亲在灶前忙碌着，或许，父亲也回来了，正使劲儿煽火呢。我的两个小侄女呢？她们还在看电视吗？会不会围在灶前嬉笑呢？

好吧，我和女儿小跑起来。耳边有了微风，似乎还有缥缈的歌声，穿过我的耳膜。

匆匆那年

清晨，薄雾。

月还在西天悬着。草径，花园，树梢，不太立体的楼顶，还有远方蒙蒙的天空，隽永如水墨画，抿着嘴含蓄成江南的冬，盈盈地笑。

远处飘来歌。是早起的学子骑着单车在穿梭，像晨飞的鸟儿，歌声是他们的翅膀，扑扇着理想。不在乎是冬阳还是春雪，一样的响亮，一样的灿烂。

青葱的岁月，没有沉郁，花一样袅娜。

毕竟严冬，风有了深深的寒意。裹上大衣，跨上车，追逐。寒气似乎偏爱我，直往脖子里钻。看身边不断超赶的少年们，忽地忆起匆匆那些年。

因为再也没有升学和就业的压力，我们就像见到破冰的春江鸭，尽管还有冰凌漂浮，但整日里总愿意嘎嘎地，毫无缘由地兴奋着。

晚自习前那十五分钟最开心。等不再小心翼翼做学弟学妹时，“每日演讲”已悄悄变成了“每日一歌”——学校广播里的歌太严肃，小收音机又太奢侈。可是，这又有什么关系呢，青春的力量足以挣脱一切桎梏。几名文娱积极分子自觉地担任义务音乐老师，下午放学后早早把歌词和歌谱抄在黑板上，晚自习钟声一响立马擦掉，趁老师不在小着声教着，学着。教务处冷不丁会有老师巡查，没事！前后排的暗探咳嗽一声，“老师”就侃侃而谈：“我们在这样一个神圣的殿堂……”

就这样，周华健、李宗盛、张学友、刘德华、童安格、小虎队、田震、那英……一个个故事走进了教室，一段段情绪走进了年少的心。少年不识愁滋味。不品歌词是缠绵委婉还是激越顿郁，单拾取那悠悠的旋律，就足以让青涩的年轮飞成光速。

渐渐地，一个个学会了强自说愁，故作深沉。忽然倚楼看高天流云，凭栏悼西风碧树。明明不知岁月深浅，偏偏慨叹流年渡客。

又或者，一拨拨地手舞足蹈，自命不凡，整日风流倜傥，激扬文字，粪土当年万户侯。还会有一群群的旋风小子，每日黄昏，以横扫千军之势奔赴球场，声嘶力竭，直撞得人仰马翻。

那些年，青涩的我们，总觉有大捧大捧的光阴，大把大把的青春在前方，等我们去挥霍。

眼前闪过一个小巧的女孩，忽地便想起了腼腆秀气的秀明，一同拉着二胡，我却不能够像她那样在静谧的清晨或午后，日复一日地到小阁楼处练习《光明行》《二泉映月》——执着如她，我竟不屑这简单琐碎的重复。每日里，我踌躇满志地穿梭于校园的每一个角落，八爪章鱼似的缠绕每一个能强大自己的兴趣小组。直到有一天，她红着脸儿毛遂自荐——晚课上，张雨生的《大海》随着她不算悠扬的歌声在教室飞扬，旋转……我才猛然惊觉，坚持一定会伴她一生，成功对她一定不会吝啬。可匆匆那年，我不曾学会扪心自问，看似充实的我究竟在忙碌些什么？

即便是今天，仓促地走到了中年，我依然不明白，那琴房，那画室，那跑道，那阅览室，我究竟收获了些什么。

进教室了，书声朗起来了。门外，那薄雾仍未散去，那些草径、花园、树梢，以及不太立体的楼顶，都已远成了背景。看着一张张朝气蓬勃的脸，我的思绪不再游走。只是，我仍在想。如果，当那一切都成为背景时，我们是不是只能淡淡一笑：匆匆那年？

那些读书的美好时光

感谢每周一次的阅读课。每次和孩子们一起静静地坐在学校图书室里时，为着终于可以暂时抛开日常繁杂纷扰的事务，我总会心满意足地长舒一口气。此刻，室内窗明几净，万籁俱寂；心内，澄澈明净，纤尘不染。周遭弥漫着淡淡墨香，就这样，安心地读，多好！

很是为这些孩子感到幸福。在这个快餐速食的时代，能有这么一方净土，何其幸运！幼时的我，如何能有这样的享受？每每忆起儿时读书的日子——如果那也算阅读，总有点儿酸涩的滋味。

大概八九岁吧。有那么一天，突然间，脑袋就像打开了天窗，一下子敞亮了，再不整日里疯闹了。因为，某一日，在姨妈家里看到上中学的表哥趁大人不注意时偷偷躲在那间逼仄的小房间里看小人书。啊，那是怎样的一种情景！小小的房间，一张小床，到处堆满了粮食袋子。下午的时候已经没有多少光亮，可表哥却埋着头，一动不动地看着。于是，我也凑了过去。看我眼巴巴的，表哥小小地炫耀了一下——床底下有一个红漆的小木箱。那宝贝里是一本本小人书，虽然不少已经残损，但却码得整整齐齐。到今日我还记得清清楚楚，那些神奇的人物和他们的故事：姜子牙、包拯、樊梨花、穆桂英、薛丁山、杨子荣……可是，我怎么才能看完那么多呢？多长时间才去一次姨妈家呢？小小的心里充满了向往和无奈，那种感觉至今都烙得心里隐隐地疼。

再后来，大了些，听得懂说书了，每天晚上放学就守在村里桥头下的大喇叭下听。可是，这样一来，就耽误了应该完成的家务和家庭作业——晚上点着煤油灯做作业太浪费，会挨性急的妈妈好一顿揍。于是又变着花样，厚着脸皮向高年级的邻居哥哥姐姐借课本来读。更奢侈的一次，家里似乎请客人，一大家子围在一起唠嗑，我看见瘦瘦弱弱的小姑父默不作声地走进另一个房间，便也悄悄跟了去。嗬！他捧着一本16开彩色封面的《乡土》呢。我乐了，缠着他，他终于从那只破旧的包里掏出两本来。顿时，那个平日在大人眼里“戴个眼镜，肩不能担，手不能提”的“不务正业”的小姑父一下子高大起来。可惜的是，一次中午烧锅做饭时，我躲在灶膛后看得太入神，饭烧煳了也没察觉，循味而来的妈妈劈手就给扔进火里，顾不得被撕疼的耳朵，也顾不得燃起的火苗，我伸手就到火里抢救。愣愣地盯着那本给我无限乐趣，如今只剩下焦黄书脊的书，我不敢哭，只觉得满世界一片凄凉。

真正算得上阅读的是五年级暑假。也许是因为成绩好的缘故，或许是从不耽搁做母亲小帮手的原因，甚或是我满村里追着有书的人家借《古今传奇》《故事会》的可怜样儿吧，难得回家一趟的爸爸把他从未露过面的一个纸箱搬了出来。拂去厚厚的蒙尘，一摞书变戏法似的出现在我眼前：《红楼梦》《说岳全传》《隋唐演义》《清宫十三朝》《聊斋志异》……甚至还有全套的线装版《康熙字典》——因为爸爸要把它们送给弟弟而不给我，气得我几天不理他呢——后来被我赢来，虽然至今也未能看懂。因了父亲的纵容，我看的书更杂更多，也有了自己的感受，以至到后来已经不屑和同龄的伙伴交流，倒时不时和大人们一道争论起金庸、梁羽生来。母亲也因此总笑骂我“书呆子”，我也不恼，得意地笑。

杂书看得太多的确会影响考试成绩。初二年级的期中考试，我一下子滑到年级第七名。幸运的是，我可爱的连老师给了我阅读的方向。他把自己订阅的报刊借我，还拿他正在学习的《现代汉语》“威胁”我——看完它！拿下年级第一！这样的引导直接促使我获得了次年全县作文通讯赛一等奖，那 18 元奖金和滚烫的大红证书于当时闭塞的我们，无疑是平地惊雷，迅速点燃了我的写作热情。

可惜的是，为了早日跳出农门，我没有能进入更高层次的学府深造，平日读书也仅限于浅层次的喜欢。虽然从更多的书中悟到不少做人处世的真谛，但因为缺少了必要的积累和积淀，每每想要表达，总是词不达意，也才真正体会到“书到用时方恨少”的尴尬。

不过还好，现如今，我又能和我的孩子们一同安安静静地读书了。不作他想，就这么纯粹地读，且把那些丢失的光阴重新拾回。我想，这样，才不至于辜负了那段美好的读书时光！

腊月里来年糕香

“香香的年糕哎——”刚入冬，城里就有人推了小车吆喝。那声音悠长、安详，似拖了尾音的唱腔穿行在大街小巷间，让我不禁忆起了乡下的年糕。

年糕又称“年年糕”，谐音“年年高”，寓意人们的工作成绩和生活水平一年比一年提高。儿时的我们最喜欢蒸年糕，喜欢那满满的仪式感。

腊八节一过，女人们便忙活起来。把糯米用大竹箩装着，去门前的河里淘洗。我喜欢看那奶汁般的水慢慢在竹箩边染开，然后抖一下，水便白了。我说，这河水泛着米香呢。母亲会笑着说，你是心里香了呀。

谁说不是呢？单单看这白白的糯米，这乳汁样的水，就能闻到年糕那甜甜的香呢。

淘好的糯米要混合着粳米浸泡三四天，否则年糕就粘牙了。这个比例，女人们不需要杆秤，日复一日的劳作，手也成了半杆秤，轻轻一拎，估摸着差不多就成，蒸出来的年糕准是恰到好处。有些人家也会掺入黏玉米粉蒸年糕，吃起来很硬，孩子们不喜欢。

米滤干水分后，母亲便到隔壁郑奶奶家舂米。郑奶奶独自住在一个南北朝向的小房子里，前后一共两间，当地人称之为“丁头府”，里间常年不见光。现在想来，她应该还藏着一份多陪陪老人家的心思吧。石臼嵌在口间的泥地里，正对着土灶。臼的上面，架着一段木头“碓身”，“碓”的头部下面有杆杵，杵的嘴子上安了铁牙。“碓”肚的中部，两边有支撑翘动的横杆，“碓”尾的地下挖一个深坑，当把重心移到“碓”尾并将其向坑里踩压下去，“碓”头便抬起来，然后舂下去。

我和妈妈吃过晚饭才去舂米。看着她踩着“碓”尾，就像踩跷跷板一样，我感到特别有意思，便也黏着妈妈一起舂。可等踩过几次后才发现，一臼米舂下来，常常要汗流浃背。

舂完米，晒几个太阳之后，便开始蒸年糕。村里人家很少有单独蒸年糕的，总得是两三户人家一起蒸。

蒸年糕那天，堂屋里的八仙桌早早就被爸爸请进厨房，妈妈则在小院子里排好条凳，铺好竹帘。傍晚，厨房里终于亮起灯，蒸笼已经架在了铁锅上，糕箱早就端端正正放在了桌子中央，只等爸爸一声令下。妈妈每年总请郑奶奶来帮忙烧火，我们小孩儿就乖乖地围着她蹲在土灶边。那一天，红红的火苗映得郑奶奶的脸红通通的，她似乎一下子年轻了许多。

爸爸先把米粉均匀地倒入一个个小方格里，然后用一块长长的方木条不停地在糕箱上轻敲，等每个小方格里的米粉都满了，他便迅速提起方格模板，糕箱板上的纱布上便整齐地排列着一个个小米粉块儿。我们把这个过程叫作“划糕”。划完糕后，爸爸便轻轻提起糕箱板两端的扣子，轻轻送入早就在锅上的蒸屉里。如此连续放进四五板，便盖上笼盖。

等到厨房里雾气蒸腾，袅袅甜香窜入鼻翼时，便可以出笼了。那一刻，大人们特别紧张，慎重的表情也往往使顽皮的我们安静下来，仿佛知道这一刻寄托着他们对幸福圆满简单到不能再简单的祝愿。

我们一溜烟儿跑到院子里，等妈妈把一板一板的年糕倒扣在竹帘上。我们要负责把纱布轻轻拉开，把一块块熟透的年糕一只只翻个个儿，再用筷子蘸了调好的红颜色，在每一块儿年糕正中央点一个鲜丽的红点儿。此时，早就吞了无数次口水的我们再也憋不住，趁机便捏一只年糕进嘴，直烫得舌头打滚儿，却偏偏舍不得丢。

年糕晾干后，母亲会挑选一些齐整的送给左邻右舍尝尝鲜，然后将年糕集中放到小水缸里养着，能吃到来年三四月。在那些没有零食、食品品种单一的年月里，年糕给了我们特别的惊喜。妈妈会变着花样做年糕——放入玉米粥里煮、切成薄片用菜油白糖炒、蒸软了压成饼状煎成小黏饼……

这些年，母亲依然年年蒸了年糕捎给我，可女儿只是象征性地咬几小口，便再也不瞅一眼。她不能理解，这普普通通的年糕，我们为何会吃得那么津津有味。

跟着年味儿奔跑

年年岁岁花相似，岁岁年年景不同。日子像风一样飘散，那些早远去了的新年却永远藏在了记忆深处，醇馥幽香。

盼年

小时候真的喜欢过年。寒假一到，一个个小人儿就开始掰着指头盼新年。在乡下，年味儿也的确是在寒假开始后才越来越浓。

先是不见了门前晒着太阳纳鞋底织毛衣的女人们，挑河工的男人们也陆陆续续地回了家。接着就会看见家家户户忙着淘糯米、碾小麦面，都忙着搭帮结伴地蒸年糕和馒头，这是特惹孩子们兴奋的事儿。一来，可以看到厨房里的“魔法”——前一天用厚稻草围着的大瓦缸，过了一夜忽然就会冒出许多白面出来，太神奇了！二来，大人们晚上不会再撵着我们去睡觉了。只要看到哪家厨房里亮着灯、冒着大大的蒸汽，我们就会呼啦啦地跑过去闹。如果主人忙得没空儿拿新鲜的馒头招呼，那保证会听到齐刷刷地喊叫："耳朵、耳朵、大耳朵！"然后撒腿就跑。因为老人们都说，蒸馒头时不兴说"耳朵"，否则蒸出来的馒头就会是黑且结实的，就像只黑乎乎的猪八戒的大耳朵，吃在嘴里黏黏的，还夹生。主人家只得切成薄片儿晒干，来年即使放到玉米糁里一起煮粥吃，也是很难嚼的。不过，我们年年闹，却很少见到哪家会蒸出个大耳朵出来，很是失望。

蒸完了馒头和年糕，大约在腊月二十三左右，妈妈会起大早把早早就挑拣干净、泡得饱饱的大豆和柴草挑到邻村做豆腐的王大爷家去磨豆腐，我们姐弟则跟在后面追。真不明白妈妈，挑着那么重的大豆和柴火，竟然还能像飞一样快。要知道我们跟在后面跑得喘不过气来，却怎么也追不上。大约五六里路的光景，跑到王大爷家时天已经大亮了。

可是我们却不是第一拨，那小小的茅草屋里早就挤满了人，热烘烘的。看到我们姐弟红扑扑的小脸，先到的主家会大方地舀一大勺豆腐脑儿给我们，妈妈早就手脚麻利地帮忙剥百叶去了。王大爷家养着两头小毛驴，一头在屋里转着圈儿拉磨，另一头就在外面院子里吃干草。我们在等待的当儿会跟着拉磨的驴子一起转，总是不明白，这驴怎么不会像我们一样头晕得要跌倒呢？

终于等到自家的豆腐、百叶都做完，已经到了下午。这时，妈妈便把两只桶装上清水，小心翼翼地将豆腐放进去，然后我们姐弟一人挎一只装满百叶的淘箩，慢悠悠地往回走。肚子虽然饿得咕咕叫，但我们却舍不得吃一口，因为这豆腐、百叶回去有一些要送给爷爷奶奶，有一些要送给外婆，还要留几块儿豆腐晾干发霉，等过几天爸爸回家好做臭豆腐呢。

等年货都置办好了，除尘也结束了，妈妈们便会结伴儿骑自行车到十几里远的镇里买年画、选对联，我们也乐得跟着跑。大街上可真喜庆，到处挂满了大红对联。供销社门前都挂起了新衣服，妈妈们照例是要给孩子买一两件新衣裳的。我不喜欢看衣服，便一家挨一家地看挂着的年画。啊，那些年画儿真好看！五女拜寿、汉高祖斩白蛇、正德和李娘娘……我看得发了痴，赖着不肯回家。等回过神来却发现没了大人，急得往回跑。跑着跑着便看到前方好像有人骑着车慢慢地行。我快他也快，我歇歇脚，他便也停了下来。等我浑身是汗地跑回家，却发现是妈妈一直在前方等着我，但就是不让我赶上。从此以后我再也没有肆意妄为过，但我一点儿也不难过，因为我看到了好多故事，而且妈妈还买回了两大幅我还没看过的画儿呢。

家里的“福”字是从来不买的。除夕下午，爸爸就把买好的红纸裁成大大小小的正方形，然后拿一支刷子似的大毛笔写。等我上了五年级，他便叫我写。也不管好看不好看，写完了让我领着弟弟送给伯伯、舅舅们贴。那时的自己于是很得意，似乎自己真的成了一个有墨水的人儿了。

追年

终于等来了正月。

大年初一，爸爸会早早起床放鞭炮，让操劳了一年的妈妈好好睡个懒觉。我们却不愿意赖在被窝里——我们得早早吃饱了好去跑新年。

“锵锵锵——”也许还没来得及把最后一只汤圆吞进肚，锣鼓声就远远地传了过来。我和弟弟并不着急，因为爸爸是退伍军人，花船队一会儿会到我家门前表演来着。果然，几分钟的工夫，一艘喜气洋洋的大花船摇来了。撑船的是一个年轻的帅小伙儿，他摆开一个架势洪声拜年，接着旁边的二胡、笛子、口琴声就响起来，花船里的漂亮姑娘就会亮开金嗓子唱起新春歌来："正月里呀是新春……"歌唱完，爸爸妈妈会忙不迭地递茶发糖，那可是无上的光荣啊，全村统共也就几十户军人家属咧。拜完年，那个漂亮姐姐会额外照顾我们姐弟，摘下花船上的几朵绢花给我们，别的孩子只能偷偷跟在后面摘。等花船渐渐远了，我们必定也是忍不住要跑的。那一帮要偷抢绢花的孩子也是可以得到主人家发的糖果和点心呢。等我们跟着花船跑完大半个村子时，太阳已经西斜，我们的肚子却一点儿也不见饿。哈哈，跑一路吃一路呀！

大年初二到初五，我们会接二连三地看到各式表演，这些表演都是要给喜钱的。最有趣的是舞龙灯。大多是几个村子里一些年少力壮的小伙子舞着青龙或是火龙，一位稍年长的举着宝珠。往往等主家同意了，搬出一张八仙桌，然后在桌上放一张高凳。小伙子们是要舞一回精彩的双龙夺珠戏后，再从高凳里安全地穿过去，才会得到满意的红包的。打花果也挺搞笑。一般是两个中年男人，扎着羊肚毛巾，一人敲着铜锣原地不动，另一人则穿着女人的衣服，翘起兰花指，围着他边唱边扭秧歌。还有唱道情的。这个最没有意思，跟在后面跑的小孩儿并不多。只有一个老人，抱着个长长的竹筒，底下用布裹着，里面是两根长且薄的竹片，他会边唱边拍着筒底打节奏。只是我们始终搞不懂，那筒里的竹片怎么会很有节奏地响起来，于是，也会有好奇的跟在后面跑好一阵子。

如果不愿意跟在这些表演后面追，可以到大队大会堂看电影，从初二到初五每天两场。孩子们会带了甩炮和自制的链子枪去玩。大会堂里看电影的人不多，嗑瓜子聊天的挺多。大家嘻嘻哈哈，小孩子们则满会堂撒野，一会儿这边"啪"的一声，一会儿那边"滴滴滴"干起仗来。大人们也不恼，任由我们闹去。

这一切的活动在我小时候已经习以为常了，但那次表演却让我们十个孩子记一辈子。那是六年级的寒假，邻村的退休老教师潘秉用跑到我们村找团书记和村小学校长，说愿意无偿教学生们打莲湘，正月初一他会带孩子们到所有军属家门前表演。孩子们很喜欢这个可爱的老头儿，暑假里他才无偿教了我们珠算乘除法呀。我们全班都报了名，虽然最终只挑选了十个人参加表演。

年前的十几天，潘老师每天上午教我们持莲湘做各种舞蹈动作——敲击肩、背、脚、头、臂、腰、腿，从头打到脚，从前打到后，边打边唱，还变换队形。下午我们则分成小组练习，潘老师就和村里的文娱积极分子一起制作莲湘。一根莲湘需要一节长约 70 厘米的竹子、16 个铜钱和一些彩色毛线才能制作完成。先在竹子两端各钻两个孔，孔长为两个铜钱的直径长度之和，然后在每个孔内并排安上两排铜钱，每排两个，再在开孔的两端装上些彩色毛线做装饰。

除夕夜里不知怎的飘起了大雪，但大年初一早晨六点半，潘老师和我们十个男女学生却无一人迟到。大队里给我们十个孩子每人做了一身的确良外套，红上衣、蓝裤子，每人还配了一条花毛巾。潘老师帮我们把毛巾扎成了羊角状，每人腰间再系一条红绸带。就这样，我们一行十一人开始了漫长的新年祝福。每到一户军属家门前，大人们都先把我们拉到怀里暖一暖，塞两块儿糖。我们却都不约而同地说："不冷"，有模有样地边唱边跳起来。惹得一路上，队伍越来越壮大——这一次跟的不是小孩儿——最前面是雄赳赳气昂昂、白发苍苍的潘老师，中间是敲着莲湘欢笑着的十一个小学生，后面是长长的队伍，有大人，有小孩儿。这队伍，直让路边的白雪都失了颜色呢！

…… ……

如今，新年一个接着一个，大街上依然摩肩接踵，家里依然欢天喜地，电影院里也依然人头攒动，但不知怎的，却少了记忆中那些年的味道。真希望，能一直跟着年味儿奔跑。